Le LIVRE de POCHE

Jeunesse

HARRY ET LES VIEILLES POMMES

Alan Temperley

HARRY ET LES VIEILLES POMMES

Traduit et adapté de l'anglais
par Laurence Kiéfé

HACHETTE
Jeunesse

L'édition française est une édition abrégée,
initialement parue dans la collection "Vertige".
L'édition originale de cet ouvrage
a paru en langue anglaise
chez Scholastic Children's Books (Grande-Bretagne)
sous le titre
HARRY AND THE WRINKLIES

43, quai de Grenelle, 75015 Paris.

1

Lolo Gestapo

Pour Harry Barton, il n'y avait rien de pire que les vacances d'été, cette période de l'année que la plupart des enfants considèrent comme la meilleure. Non, il y avait encore pire : Noël était *réellement* épouvantable.

Le problème, c'étaient ses parents. Et Lolo Gestapo.

Car les Barton étaient riches. Tellement riches qu'au lieu de rester tranquilles comme la plupart des parents, à travailler et à s'occuper de leur fils, l'Honorable Augustus et Lady Barton passaient leur vie à voyager. Ils préféraient de loin les croisières sur de somptueux paquebots et les séjours dans les hôtels cinq étoiles à la vie londonienne.

Harry ne les accompagnait pas, parce qu'il n'aurait fait que les encombrer. Alors, tandis qu'ils prenaient des bains de soleil sur des yachts à la Jamaïque, qu'ils skiaient à Saint-Moritz et qu'ils visitaient la lointaine Shanghai, lui restait dans la grande maison de Hampstead, quartier de Londres extrêmement chic et cher. De temps en temps, pour apaiser leur conscience, ils lui envoyaient une carte postale ou un cadeau insensé. Il arrivait à Harry d'en recevoir deux la même semaine, puis plus rien pendant des mois.

Deux fois par an environ, ses parents passaient par Londres. Ils ne cessaient alors de l'embrasser, de le gâter et de l'emmener dans tous les théâtres et les restaurants à la mode. Pendant quinze jours, les réceptions se succédaient et la maison était pleine d'amis et de rires. Puis, après moult baisers et démonstrations d'amour, ils repartaient une fois de plus et la grande demeure redevenait vide et silencieuse.

Pour s'occuper de Harry, ses parents avaient engagé une nurse, qui était également une gouvernante et une dame de compagnie ; elle s'appelait Lavinia McMaton. Elle s'était présentée pourvue d'excellentes références – ce qui n'avait rien de surprenant, étant donné qu'elle les avait rédigées elle-même. Elle s'exprimait bien et était tirée à quatre épingles, deux caractéristiques qui jouèrent en sa faveur. Elle avait une longue natte dorée, était maquillée à la perfection, habillée avec élégance, avec des ongles longs et vernis, et ses bijoux venaient des meilleures boutiques. Elle réclamait un salaire élevé, que les parents de Harry acceptèrent.

Ce qu'ils ne se demandèrent jamais, c'est comment Miss McMaton, une gouvernante, pouvait s'offrir de tels bijoux et de tels vêtements – qui d'ailleurs, au fil des années, devinrent de plus en plus beaux et chers. Ils ignoraient que l'argent destiné à l'entretien de Harry atterrissait directement dans sa poche. Ils ignoraient que leurs bibelots de valeur finissaient dans toutes les salles des ventes du pays.

Tout comme ils ignoraient, car Harry avait bien trop peur pour le leur dire, que c'était une brute qui le faisait marcher à la baguette et qu'elle gardait d'ailleurs dans sa chambre une cravache à poignée d'or, qu'elle appelait La Torgnole.

À huit ans, Harry fut envoyé en pension. Il s'y fit des amis. Travailler était un plaisir et il aimait le chahut. Le premier jour de chaque trimestre, il se sentait le plus heureux des petits garçons. Il ne comprenait vraiment pas pourquoi d'autres enfants pleuraient.

Et pourtant, menaçaient toujours à l'horizon,

comme un banc de brouillard, les vacances tant redoutées et le retour à Hampstead. Il en rêvait souvent au dortoir et un copain ou une brave surveillante le réveillait.

« Ça va ? demandaient-ils. Tu poussais des cris.

— Oui, oui, ça va, répondait-il avec un pâle sourire. J'ai fait un cauchemar. »

Aussi loin que remontaient les souvenirs de Harry, Lavinia McMaton s'était toujours occupée de lui.

Il la surnommait Lolo Gestapo.

Un matin, au début des vacances d'été, un vigoureux son de cloche tira Harry de sa chambre.

Pour s'épargner la fatigue de monter l'escalier, Lolo Gestapo avait installé dans la chambre du garçon un de ces vieux dispositifs équipés de clochettes, qu'on accrochait jadis dans les cuisines. Quand elle avait besoin de lui, elle n'avait qu'à appuyer sur le bouton. Elle avait présenté cette idée comme un jeu aux parents de Harry. Celui-ci n'avait pas cherché à la contredire, parce qu'elle avait cinq cent mille façons de se venger. Dès que ses parents avaient eu le dos tourné, elle avait affiché en dessous un code de sonneries longues et de sonneries courtes :

laver la vaisselle

préparer et allumer le feu

frotter le plancher
dépoussiérer et cirer
étendre le linge
rentrer le charbon
mettre le couvert
passer l'aspirateur dans l'escalier
faire du thé pour Miss McMaton
nettoyer les carreaux

et encore d'autres tâches. Ainsi, elle n'avait même plus besoin de lui parler. Mais elle repassait toujours derrière, vérifiant la poussière, scrutant l'argenterie, inspectant la cheminée à la recherche d'une trace de charbon.

Dring-dring-drrrringgg !

Harry poussa un soupir. Pas besoin de consulter le code, ça voulait dire Descends immédiatement. Abandonnant son ordinateur, il adressa une série de gestes grossiers à la cloche, puis vérifia sa tenue dans le miroir. Alors qu'il mourait d'envie de s'habiller comme tout le monde d'un jean et d'un t-shirt, Lolo Gestapo insistait pour qu'il porte une chemise blanche, une cravate et un pantalon d'uniforme gris.

Un inconnu vêtu d'un costume rayé était assis dans le salon, un porte-documents ouvert à ses pieds. Harry pensa qu'il ressemblait à un homme de loi.

Lolo Gestapo se tenait près de la fenêtre, aussi élégante qu'à l'accoutumée. Elle portait des bottes hautes et une magnifique robe en soie verte. Un gros trousseau de clés et un coup-de-poing américain en argent pendaient à sa ceinture. Elle tenait entre ses doigts un long fume-cigarette en jade où se consumait une cigarette noire. Une émeraude brillait à chacune de ses oreilles. Un collier de dents de requins serties d'or ornait sa gorge.

« Voici M. Vaireux, il est avocat, dit-elle en souriant. Il a quelque chose à t'apprendre.

— Euh... hum... oui, bafouilla l'homme en posant son verre de sherry. Vous êtes bien... – il froissa quelques papiers –... Eugène Augustus Montgomery Harold Barton ?

— Oui, répondit Harry, embarrassé.

— Eh bien... je dois dire... jeune homme... il faut que... comment dire... vous êtes si jeune... bon... voyez-vous...

— Tes parents sont morts ! interrompit Lolo Gestapo sans plus de cérémonie. Les deux d'un coup. Ton père et ta mère. Partis les pieds devant. Et c'est cela qu'il est venu t'annoncer.

— Euh... oui. J'imagine que... oui... c'est bien cela, confirma M. Vaireux en avalant une bonne gorgée de sherry pour se remettre. Les circonstances précises ne sont pas... euh... ne nous sont pas encore connues. Mais il semblerait que... euh... »

Harry ne l'écoutait plus. Ses parents étaient morts !

Il aurait dû être submergé de chagrin par cette perte, mais il se rendit compte que ce n'était pas le cas. Il les connaissait à peine, à bien y réfléchir. C'étaient des inconnus, des gens qui se contentaient de faire irruption dans sa vie pour le caresser comme un chiot en le couvrant de cadeaux avant de redisparaître.

Et tandis qu'il contemplait le jardin ensoleillé, il pensait à quelque chose d'autrement plus important dans l'immédiat : qu'allait-il devenir, lui ?

*

* *

« Pas plus d'une valise, ordonna Lolo Gestapo. Tu as entendu l'avocat, tout doit être vendu. Et il s'agit autant de tes jouets et de tes vêtements que de la maison et des meubles. »

C'était une semaine plus tard et elle était dans la chambre de Harry, près de la fenêtre. Elle était vêtue ce jour-là d'un tailleur de cuir blanc et sa cigarette noire fumait dans un long fume-cigarette en ivoire. Elle avait coincé La Torgnole sous son bras.

« Non, tu ne peux pas prendre tes patins – ni ton ordinateur. Réfléchis un peu, comment veux-tu caser un ordinateur dans une valise ? Non, laisse ton ballon de foot dédicacé, il a de la valeur. Lâche ça ! Lâche ça ! Ma parole, tu cherches les claques.

Reviens ici ! Tu veux que je... Ah, je préfère. Pose ça là avec le reste. »

Harry jeta son ballon bien-aimé et la dévisagea.

« Et cesse de me regarder ainsi. Je n'y suis pour rien. Ce n'est pas ma faute si tes parents ont jeté l'argent par les fenêtres en menant la grande vie. C'est moi qui devrais pleurer. J'ai perdu dix ans de ma vie avec toi et qu'est-ce que ça me rapporte ? Rien ! Ton père m'avait promis que je ne manquerais de rien. "Faites-moi confiance, Lavinia, disait-il. Nous savons que le petit est en de bonnes mains. Je veillerai à ce que vous en soyez justement récompensée." Et le résultat, c'est qu'il passe l'arme à gauche complètement ruiné. Ruiné ! Et ta mère, pareil. Écrabouillés comme des hérissons et pas un kopeck. Rien que des dettes. Et ne viens pas me dire que le salaire de misère qu'il me versait suffit à me récompenser de mes peines. Quand je pense à tous ces repas que je t'ai préparés, à tous ces vêtements que je t'ai lavés et repassés ! Ma parole, je devais être folle ! Renoncer à ma carrière pour ça ! »

Harry, impassible, laissait le torrent de paroles se déverser.

« Et leur petit garçon, ils venaient souvent le voir ? Deux fois par an. Ah ! ils s'en fichaient bien de toi. C'étaient les seules vacances que j'avais. Deux fois par an, ils venaient faire la fête : il y avait de la vaisselle sale et du champagne renversé sur tous les tapis. Le gratin venu d'Écosse et de Newmarket, le beau linge de Chelsea. Et puis, bonsoir et j'avais plus qu'à tout récurer. Non, monsieur, je n'exagère pas, absolument pas. Ce n'était pas toi qui devais ranger la maison après leur passage. C'était une vraie porcherie. »

Cette fois, elle passait les bornes. Harry se jeta sur elle, les poings levés.

« Ouh là, Monsieur Soupe-au-lait ! Tu oserais me frapper ! Nous allons vous calmer vite fait, mon petit bonhomme ! »

La Torgnole surgit soudain. Lolo Gestapo avait quinze centimètres de plus que Harry. Elle l'attrapa par le bras et lui cingla la jambe et les fesses.

« Voilà ! Tu l'as bien mérité ! C'est pas demain la veille que tu auras le dessus, petit sauvage ! »

Furieux, le derrière en feu, Harry recula vers son lit. Lolo Gestapo raccrocha la cravache à poignée d'or à sa ceinture, à côté du coup-de-poing américain et du gros trousseau de clés.

« Oui, j'ai fait mon devoir, mais c'est fini, F-I-N-I. Je n'ai plus qu'à t'expédier chez tes vieilles tantes – comment ça s'appelle déjà, ce bled ? – le Manoir de La Thôle, c'est ça. Je t'ai sorti une valise sur le palier, débrouille-toi. Non, ajouta-t-elle en suivant le regard de Harry, pas une des neuves. La vieille toute défoncée est bien suffisante pour un voyou d'orphelin dans ton genre. Et ne t'avise pas de mettre tes plus beaux jouets et tes vêtements préférés dans le fond, je vérifierai avant que tu partes. Tes poches aussi. Tu es sous ma responsabilité tant que tu n'es pas monté dans ce train. Ensuite, je laisse à tes vieilles ploucs de tantes le soin de s'occuper de toi. J'espère seulement que tu te montreras un peu plus reconnaissant à leur égard qu'au mien. »

Elle remonta la fermeture Éclair de sa botte en croco blanc.

« Mais ne crois pas que Lavinia McMaton va disparaître de ta vie. Oh non ! Tes chères grand-tantes ! Je parie qu'elles ont de l'argent. Manoir de La Thôle – ça sonne bien. Je veux récupérer mon dû et, le moment venu, je viendrai le prendre, tu peux compter sur moi. »

Elle introduisit une nouvelle cigarette dans le fume-cigarette en ivoire et alluma un lourd briquet d'or. Harry reconnut celui de sa mère.

« Tu vas comprendre comme c'est agréable de ne rien avoir, pas un sou à soi, dépendre de la générosité des autres pour tout : le lit dans lequel on dort, les lacets de ses souliers, le moindre morceau de pain. Et tu ferais bien de te tenir à carreau, parce que ces deux vieilles tantes, c'est tout ce qu'il te reste. Si elles n'avaient pas été là, tu finissais dans un orphelinat. »

Harry la regarda fixement.

« Fais ta valise ! » conclut-elle en se dirigeant vers la porte, suivie par un nuage de fumée.

2

Deux tantes et une Mercedes

« Ce ne sont pas elles, quand même ? gémit Harry intérieurement. C'est pas possible ! Je vous en supplie, faites que ce ne soit pas elles ! »

C'était une gare de campagne, avec des parterres de fleurs et un quai interminable. Harry se tenait tout au bout, petit garçon blond vêtu d'un vieil anorak et d'un pantalon beaucoup trop court, avec une valise défoncée – tout ce qu'il possédait au monde.

La portière du wagon claqua derrière lui. Le chef de gare agita son drapeau. Prenant doucement de la vitesse, le train partit.

Harry observa les passagers se diriger vers la sortie. Le quai se vida rapidement, il n'y restait plus que deux vieilles dames à l'allure bizarre.

L'une était grande et mince, et de face, comme la voyait Harry, elle ressemblait à un chameau – mais dès qu'elle se coiffa d'un grand chapeau de paille, s'imposa l'image d'une lampe. L'autre, plus petite et rondouillarde, évoquait une pâtisserie sympathique, une meringue rose surmontée d'un tortillon de crème chantilly.

Harry regarda autour de lui, mais il n'y avait personne d'autre. Ses craintes se confirmèrent. La meringue agita un petit mouchoir et courut sur le quai d'un pas vacillant.

« Je n'y crois pas, se murmura Harry. C'est pas à moi que ça arrive. »

Il envisagea de s'enfuir.

Tout en émoi, la vieille dame s'approchait sans cesser de crier « Oh ! Oh ! » en tamponnant son visage avec son mouchoir. Elle était âgée d'au moins soixante ou soixante-dix ans, mais les boucles de ses cheveux teints couleur beurre frais dansaient autour de son visage. Elle avait de grands yeux bleu bébé, mal maquillés, et, en guise de bouche, une balafre de rouge à lèvres vermillon, assorti au vernis de ses ongles. Dans sa course, son petit chapeau rose était tombé sur son oreille et, derrière elle, flottait en désordre une profusion de vêtements vaporeux.

« Harry ! s'exclama-t-elle hors d'haleine en lui

saisissant les mains et en le contemplant. Harry Barton ! Mon chéri ! Je suis ta grand-tante Florrie ! »

Et là, au beau milieu du quai, elle lui planta un gros baiser baveux sur la joue en l'enveloppant dans un nuage de parfum.

Harry se remettait à peine du choc de cet accueil, qu'ils furent rejoints par sa deuxième tante.

Elles formaient un contraste parfait. Non seulement elle était grande et maigre comme une fourchette, mais ses cheveux gris fer étaient coupés court et des petites lunettes rondes de grand-mère reposaient sur son nez busqué comme un bec d'aigle. Derrière le scintillement des verres, le regard de ses yeux bleus brillait, aigu et malin. En bas d'un long visage brun, dépourvu de tout maquillage, souriait une bouche mince et pleine d'humour. Elle portait un tailleur gris, près du corps, avec une jupe assez longue et un chemisier blanc fermé au cou par un camée représentant un monsieur des plus surprenants. Elle serra la main de Harry avec fermeté.

« Et je suis ta grand-tante Bridget. Je te suggère de m'appeler Tante ou Tante Bridget, déclara-t-elle. Pas ces bêtises de grand-tante, ça me donne l'impression d'être vieille comme Mathusalem, ce que, contrairement aux apparences, je ne suis pas.

— Et appelle-moi Tatie Florrie, d'accord, mon chéri ? Mmmmmm ! »

Elle le serra de nouveau dans ses bras comme un

koala rose et macula de rouge à lèvres son autre joue.

« Fiche-lui la paix, Florrie ! s'exclama sa sœur avec vigueur. Un couple de vieilles pommes préhistoriques comme nous – c'est un miracle qu'il n'ait pas pris ses jambes à son cou. Rien que de nous voir, il doit avoir la trouille, pas la peine d'en rajouter en lui faisant des mamours. »

Harry détourna les yeux, un peu gêné, mais Tatie Florrie éclata de rire.

« Oh ! Tu sais de qui il s'agit ? » ajouta Bridget en le voyant regarder son camée à la dérobée.

C'était le portrait d'une brute à l'air assoiffé de sang. Il avait une grosse barbe, une joue balafrée et de son chapeau cabossé dépassaient plusieurs foulards.

Harry secoua la tête.

« Ça, mon cher neveu, c'est le capitaine Henry Morgan, le flibustier. Il est beau, hein ? Un célèbre pirate qui a bourlingué dans la mer des Antilles. Une vraie crapule. Un de mes héros préférés. Je t'en parlerai un de ces jours, mais pas maintenant. C'est tout ce que tu as ? ajouta-t-elle en regardant la valise de Harry.

— Oui.

— Tu peux te débrouiller tout seul. N'espère pas qu'un vieux coup de trique comme moi, ou un paquet de gélatine rose comme elle, la porte à ta place.

— Oh, Bridget, ne dis pas des choses pareilles. Tu es forte comme un cheval, répliqua Tatie Florrie en arrachant la vieille valise des mains de Harry. Non, non, mon canard, donne-la-moi. »

Harry se dit que, à coup sûr, ses deux vieilles excentriques de tantes valaient le détour. Vigoureusement, il se frotta les joues pour en ôter le rouge à lèvres et les rejoignit en courant.

Il était près de midi. Sur le parking, les capots des voitures tremblaient dans la chaleur. Les feuilles des arbres pendaient mollement.

Harry devina d'emblée quelle était la voiture de ses tantes. Une vieille caisse. Une Mercedes – grisâtre et poussiéreuse. La carrosserie était toute esquintée et une des ailes enfoncée. Il calcula, d'après les lettres de la plaque minéralogique, qu'elle avait dix-sept ans.

Tatie Florrie balança la valise dans le coffre et s'installa à la place du conducteur.

« Assieds-toi à côté de moi, chéri. Bridget va monter derrière. »

Elle tourna la clé et le moteur toussa, éternua, vibra avant de consentir à se mettre en marche. Ils quittèrent le parking et se retrouvèrent vite en dehors de la ville.

« Passons par l'aérodrome, suggéra soudain Tante Bridget.

— Bonne idée, répliqua Tatie Florrie. Ça te dirait ?

— Oui, répondit Harry. On y trouve quel genre d'avion ?

— Aucun, mon chéri.

— Mais à quoi sert un aérodrome s'il n'y a pas d'avion ? demanda Harry, étonné.

— Tu vas voir », répondirent les deux vieilles dames avec un rire complice.

Ils roulaient dans la campagne verdoyante quand soudain, après un virage serré, un véhicule gigantesque fonça sur eux. C'était une somptueuse Rolls-Royce, jaune comme un bouton-d'or et roulant au bas mot à cent à l'heure. L'avertisseur retentit et les cailloux giclèrent sous les roues. Harry aperçut un individu râblé, vêtu de tweed, avec des cheveux orange, une moustache assortie et une figure rouge. Un gros cigare entre les dents. Il leur montra le poing avec colère.

Tatie Florrie fit une embardée et évita l'autre voiture de quelques centimètres. Harry se cogna la tête quand la vieille Mercedes bondit dans l'herbe comme un cheval sauvage.

La Rolls-Royce rugit au beau milieu de la route, lançant des coups de klaxon moqueurs.

La Mercedes passa sur une grosse pierre, écrasa

un buisson d'ajoncs et vint s'arrêter dans une haie de ronces.

« Ce type ! fulmina Tatie Florrie en lissant ses boucles. Maintenant, c'est l'autre aile qui est cabossée. Un de ces jours, il va aller trop loin !

— Il l'a déjà fait, et plus d'une fois... ! »

Nullement bouleversée, Tante Bridget fouillait dans une boîte de chocolats. Elle prit une bouchée à la crème et fit passer la boîte.

« Nous ferions peut-être bien de nous intéresser au cher colonel Priestly plus tôt que prévu, ajouta-t-elle les lèvres serrées. On ne peut tout de même pas le laisser vivre là, à nous espionner et à se comporter comme si tout lui appartenait. Et conduire comme ça – un de ces jours, il va provoquer un accident ! Heureusement que c'était toi qui tenais le volant, parce que n'importe qui d'autre lui serait rentré dedans !

— On va convoquer une réunion, répondit Tatie Florrie.

— Oui, mais pas avant une ou deux semaines. On a du pain sur la planche d'ici là. *Pas devant le garçon*[1], ajouta Tante Bridget. On en parlera plus tard. »

La vieille Mercedes recula jusqu'à la route, rayant largement sa carrosserie au passage. Quelque chose

1. En français dans le texte original. (N.D.T.)

clochait : elle avançait par à-coups et le volant tournait par saccades entre les mains dodues de Tatie Florrie.

« Oh crotte ! s'écria-t-elle. On a crevé. Quel sale type ! »

Ils sortirent. Le pneu qui s'était coincé dans la haie était hérissé de ronces comme un porc-épic.

« Bon ! On va arranger ça ! dit Tatie Florrie en allant chercher la roue de secours dans le coffre.

— Je peux vous aider ? s'enquit Harry.

— Non, laisse faire Florrie. C'est de son ressort. »

Florrie hissa la voiture sur le cric et entreprit de changer la roue.

« Qui est le colonel Priestly ? » demanda Harry.

Tatie Florrie leva les yeux au ciel.

« Si on avait deux ou trois jours et si je n'étais pas une dame, je te dirais ce que c'est, le colonel.

— Le colonel Priestly, reprit Tante Bridget en ramassant des mûres dans les ronces, le colonel Percival Bonaparte Priestly, pour lui donner son nom entier – si toutefois il est colonel, ce dont je doute –, est le nouveau propriétaire de Félon Grange, une grande propriété qui jouxte la nôtre. Certains, comme tu l'apprendras, le surnomment Priestly la Brute, Priestly le Porc, Percy Cœur de Pierre et autres petits noms d'oiseau. Il exerce la profession de magistrat. Il est également président de plusieurs associations régionales. Un notable de notre province. Mais comme tu l'as vu, il est tout sauf charmant ! »

Elle posa une douzaine de mûres sur la paume de Harry.

« C'est un maniaque du pouvoir, reprit-elle. Il se prend pour le seigneur des lieux. Il organise des parties de chasse, des cocktails, des banquets ! Il remplit sa maison de gens importants : des hommes politiques, des millionnaires, des acteurs célèbres. Ah, tu allais me demander comment un simple petit juge trouve l'argent pour acheter un endroit comme Félon Grange ? Comment peut-il se permettre un tel train de vie ? Ce à quoi je réponds : c'est bien la question, d'où vient cet argent ? »

Elle reprit sa cueillette.

« Il est tellement grossier, maugréa Tatie Florrie. Je ne supporte pas les brutes !

— Absolument, dit Tante Bridget. On dirait le croisement d'un... chameau et d'un rottweiller fou.

— D'un requin et d'une pizza trop cuite ! »

Elles éclatèrent de rire.

« Tu as raison, Florrie. C'est exactement ça. »

Harry n'avait jamais entendu d'adultes parler ainsi.

« Pourquoi vous espionne-t-il ? interrogea-t-il.

— Ah ! la question à mille dollars, répondit Tante Bridget en enfournant une poignée de mûres.

Pourquoi, en effet ? Voilà un mystère à élucider pour toi.

— Harry, aide-moi, dit Tatie Florrie. Pendant que je resserre les écrous, enlève les épines du pneu. Je ne pense pas qu'elles soient trop enfoncées. »

Le temps qu'il ait fini, elle abaissait le cric de la Mercedes et, une minute plus tard, ils étaient repartis.

« Vous conduisez drôlement bien, fit remarquer Harry. Et vous savez changer une roue ! »

Les grands yeux bleu bébé sourirent. Sans répondre, elle lui tapota affectueusement le bras.

Deux kilomètres plus loin, la voiture bringuebalante s'engagea dans un sentier envahi par la végétation. Ils finirent par émerger dans un espace découvert. Des hangars et des tours de contrôle en ruine se dressaient contre le bleu du ciel. L'herbe poussait entre les pistes – des bandes de béton qui disparaissaient à l'horizon.

« Construit pendant la Seconde Guerre mondiale, commenta Tante Bridget. On n'y a pas vu un avion depuis vingt ans.

— On peut aller explorer ? suggéra Harry.

— Aujourd'hui, on n'a pas le temps, répondit Tatie Florrie. Il faut qu'on arrive à l'heure pour le déjeuner.

— Mais alors, demanda poliment Harry, pourquoi sommes-nous venus ?

— Ta ceinture de sécurité est bien attachée ?

— Oui.

— Alors, on décolle. »

Tatie Florrie arrêta le moteur et plongea sous le tableau de bord. Clic-clic-clic ! Elle enfonça trois boutons avant de se rasseoir en arrangeant les manches de sa robe.

« Prêt ? » dit-elle en tournant la clé.

Dans un puissant rugissement, le moteur se déchaîna. Elle effleura l'accélérateur. Vroum ! Vroum ! Ce n'était plus le même véhicule.

Harry se redressa, stupéfait.

« Cramponnez-vous, les filles... et les gars ! cria gaiement Tatie Florrie. On est partis ! »

Elle enclencha la vitesse et débraya. Harry se sentit plaqué contre le siège tandis que la Mercedes bondissait en avant, accélérant sur la piste qui faisait le tour du terrain d'aviation. Soixante-dix-quatre-vingts-quatre-vingt-dix. La voiture continuait à accélérer. Tatie Florrie passait les vitesses avec compétence. Cent – cent vingt.

« C'est génial ! » s'exclama Harry, les yeux brillants.

Cent quarante – cent cinquante – cent soixante.

Tatie Florrie lui décocha un regard en souriant de tous ses traits de vieille poupée.

« Tu es prêt, mon chéri ?

— Oui ! s'écria Harry.

— Très bien. Alors, accroche-toi. »

De nouveau, Harry se sentit plaqué contre le dossier de la banquette. Le cent soixante fut dépassé. Cent soixante-quinze – cent quatre-vingt-dix, deux cents...

Le paysage se brouillait. Harry commença à avoir peur. S'ils dérapaient...

Tatie Florrie ouvrit la vitre et l'air frais pénétra dans la voiture.

« Oh, ça fait du bien ! cria Tante Bridget gaiement. Ça va nettoyer les toiles d'araignée ! »

Les écharpes de Tatie Florrie volaient dans l'habitacle et le vent plaquait ses boucles blondes. Pendant une minute, elle maintint la voiture à deux cent vingt-cinq, poussa une pointe à deux cent quarante puis relâcha le pied de l'accélérateur.

« Ça m'a bien plu, Florrie, déclara Tante Bridget tandis que la voiture ralentissait jusqu'à cent cinquante.

— Il fait chaud aujourd'hui, répondit sa sœur. Toc-toc vient d'installer un nouveau turbo. Je ne veux pas trop la pousser tant que les pistons ne sont pas rodés. Ces quinze derniers jours, il a bien travaillé : un nouvel arbre à cames et un carburateur Weber. Ça devrait nous permettre de gagner pas loin de vingt kilomètres heure. »

Ils achevèrent tranquillement leur troisième tour de piste et s'arrêtèrent devant les hangars béants.

« Alors, mon chéri, ça t'a plu ? s'enquit Tatie Florrie.

— C'était génial ! répondit Harry. Mais je ne comprends pas. Quand on est partis de la gare, c'était un tas de boue. Et maintenant, on dirait une Ferrari. Qu'est-ce qu'il a, le moteur ?

— Pas le moteur, les moteurs, chéri.

— Mais pourquoi ?

— Eh bien... parfois, nous aimons aller vite.

— Florrie ! s'écria sa sœur d'un ton réprobateur.

— D'accord, mais pourquoi deux moteurs ? insista Harry.

— Pour s'amuser, mon chéri », répondit Florrie en plongeant sous le tableau de bord. Clic-clic-clic.

Laborieusement, le vieux moteur se remit en marche.

« Allez, fit Tante Bridget, encore un chocolat et on rentre à La Thôle.

— Juste à l'heure pour un bon petit sherry, suggéra Tatie Florrie joyeusement. À moins que tu ne préfères un gin ?

— Je ne bois ni sherry ni gin, répliqua Harry.

— Ah bon ? Que dirais-tu, alors, d'une vodka orange avec des glaçons ?

— Je ne bois pas du tout, insista Harry.

— Évidemment, s'exclama Tante Bridget. Ne fais

pas l'idiote, Florrie. Il prendra un verre de limonade maison faite par Goody. D'accord, Harry ? Et après, à table.

— Avec plaisir », remercia Harry.

Il mordit avec bonheur dans une bouchée aux noisettes. En quelques instants, il s'était déjà plus amusé qu'en onze ans à Hampstead.

3

La tour

Le Manoir de la Thôle était une construction massive avec un toit rouge et une vieille tour carrée dans un angle. La chambre de Harry était située tout en haut de cette tour, à dix mètres du sol.

« J'espère que tu te plairas dans ce pigeonnier, déclara Mrs Good, la gouvernante. C'est joli et bien sec. La vue est magnifique. Une vraie chambre de garçon, on s'est dit. Je suis sûre que les escaliers ne te font pas peur, jeune comme tu es.

— Non, c'est génial ! s'exclama Harry.

— Je crains que tu ne sois tout seul ici ; à cause de l'épaisseur des murs, on n'a pas encore percé de porte vers la maison. Mais c'était soit ici, soit une chambre sur l'arrière. Ici, c'est mieux. Et puis, il y a l'interphone. Tu es sûr que tu n'auras pas peur ?

— Non, je suis trop grand pour ça, mentit Harry. Et j'ai l'habitude d'être seul. En plus, j'ai Fouillis. »

Il enfouit son visage dans la fourrure d'un bâtard qui avait décidé de le suivre depuis qu'il était descendu de la Mercedes. Tout de suite, Tante Bridget avait déclaré que Fouillis serait son chien.

« Si jamais des voleurs rappliquent, Fouillis les chassera, pas vrai, mon toutou ?

— Ça, c'est sûr, répondit Mrs Good en souriant.

— Je n'ai jamais eu de chien. »

Comme pour lui démontrer que c'était agréable, Fouillis bondit pour lui lécher le nez.

« Arrête ! s'esclaffa Harry en roulant avec lui par terre.

— Si tu continues l'escalier, dit Mrs Good, tu trouveras une trappe qui ouvre sur le toit. Comme un clocher d'église, mais moins haut. Promets-moi de ne pas monter faire des bêtises.

— Croix de bois, croix de fer,

Si je mens, je vais en enfer ! répliqua Harry.

— Je suis sérieuse, insista Mrs Good. Tu pourrais te faire mal.

— Je vous le promets.

— On t'attendait avec tellement d'impatience, déclara la gouvernante en souriant. Ça va faire du bien, un peu de sang neuf dans cette maison. Bon, le déjeuner est dans vingt minutes. Tes tantes doivent repartir en ville, alors on mange dans la cuisine. Viens dès que tu seras prêt. »

Elle redescendit.

Les bruits de l'été entraient par la fenêtre ouverte. Harry jeta un regard circulaire : cette grande pièce lui plaisait. Sa chambre à lui, et sans Lolo Gestapo. Aux murs étaient collés la photo d'un motard ainsi que de grands posters de sportifs et de héros de bandes dessinées. Une immense armoire, une gigantesque commode, quelques étagères et une vieille table devant une fenêtre la meublaient. De l'autre côté, un lit à l'air confortable avec une housse de couette Disney. Fouillis s'était installé au pied et se léchait la patte.

Harry se pencha à la fenêtre. En dessous, s'étendaient les pelouses et les parterres de fleurs de La Thôle et, sur le côté, le toit rouge et les cheminées de la maison. Au-delà des pelouses, se déroulaient les bois et les collines. On distinguait un pavillon en marbre au milieu des arbres. Un cheval blanc paissait dans un pré. Plus loin, Harry aperçut une étendue d'eau prometteuse, un petit lac avec un ponton auquel était amarrée une barque.

Il ouvrit sa valise et fouilla dans les vêtements usés qu'on l'avait autorisé à emporter. Il se débarrassa de son pantalon gris et enfila un vieux t-shirt rouge et un jean délavé qu'un de ses copains lui avait donné à l'école – parce qu'il était trop petit, que la fermeture Éclair était cassée et la poche déchirée. Il enfila une paire de tennis troués qui laissaient passer ses orteils. Puis, heureux comme un roi, il appela Fouillis et sortit de la pièce en courant.

Dans l'après-midi, Harry vint s'asseoir dans un hangar de pierre à côté de Toc-Toc Slack, le jardinier et homme à tout faire de La Thôle. L'air embaumait la résine du côté des piles de bûches fraîchement coupées. Par la porte, on apercevait un potager et des serres pleines de tomates.

Vêtu d'une salopette bleue, Toc-Toc était très grand et très maigre. Il était chauve, avec des épaules tombantes et un visage plein d'humour. Le hangar, c'était son atelier. Tout en discutant assis sur un cageot retourné, il aiguisait une faux.

« Ça, j'en r'viens pas qu'y t'aient pas parlé du fantôme, dit-il avec son accent rude. L'est connu dans le coin. Le Vieux Gogo, qu'on l'appelle. Attention, on n'en cause pas dehors, mais j'aurais cru que tes tantines t'auraient prévenu.

— À quoi il ressemble ? s'enquit Harry qui aimait bien les histoires de fantômes.

— Chépa si j'vais t'le dire. Y paraît qu'c'est terrib'. Une grosse bête, un mélange d'chien gros comme c'te porte, d'dragon et d'clodo. Paraît qu'y change de forme, remarque. Les gens ont pas tous vu la mêm'chose. Mais sont tous d'accord sur un point, l'a des grandes griffes, des grandes dents et des gros yeux globuleux. Et il t'fiche sacrément les jetons.

— Ça fait quatre points, affirma le garçon en frissonnant. Où se promène-t-il, le Vieux Gogo ? Vous l'avez déjà vu ?

— C'est ça l'plus marrant. T'aurais pu penser qu'y hantait la tour, vers ta chambre, puisque c'est la partie la plus ancienne d'la maison. Mais il y va jamais. C'est pour ça qu'on t'a installé là, c'est l'endroit le plus sûr. En général, les gens l'voient dehors, dans les fourrés, quand y fait nuit noire, et il vient regarder par les fenêtres, p't-être pour choper quelqu'un avec ses grandes griffes.

— Et vous, Mr Slack, vous l'avez vu ?

— Mr Slack, eh comment qu'y cause, lui ? Mes amis m'appellent Toc-Toc et j'parie que toi et moi, on va êt'potes. Appelle-moi donc Toc-Toc. »

Il posa sa pierre à aiguiser et sortit une vieille blague à tabac ; de ses doigts noueux, il se roula une cigarette.

« Si j'l'ai vu ? reprit-il. Non, j'dois l'reconnaître. Mais c'est pasque j'ai toujours fait gaffe quand l'est dans le coin. »

Il posa sa cigarette fripée au coin de sa bouche et alluma un vieux briquet.

« Mais, ajouta-t-il, j'ai discuté avec ceusses qui l'ont vu et je t'le dis, j'ai eu d'la chance.

— Si je regarde par la fenêtre ce soir, vous croyez que je le verrai ? demanda Harry en grattant la tête de Fouillis.

— Non, non. Ça s'passe pas comme ça. P't'être qu'tu l'verras jamais, surtout si t'y crois pas. Et pis un soir, bang ! il sera là. Avec ses gros yeux globuleux et ses griffes pointues. De quoi t'figer les sangs !

— À ma place, vous éviteriez de vous balader la nuit ? demanda Harry.

— 'bsolument. À moins que ça t'tente de rencontrer l'Vieux Gogo !

— Mrs Good ne m'en a pas parlé, dit Harry.

— Non ? C'est normal. Elle aurait pas voulu t'faire peur pour ta première nuit dans la tour.

— C'est une bonne cuisinière, remarqua Harry en se souvenant du déjeuner.

— On peut l'dire. Elle est d'première.

— Vous l'aimez bien, non ?

— Pourquoi tu dis ça ? questionna Toc-Toc en devenant rouge comme une pivoine.

— C'est votre façon d'en parler.

— Ah bon. P't-êt' ben qu'oui, p't-êt' ben qu'non. De toute façon, c'est pas tes oignons.

— Pardonnez-moi, je ne voulais pas être indiscret. Mais... elle m'a confié qu'elle vous aimait bien, elle aussi.

— Ah bon ?

— Elle m'a dit : "Va voir Mr Slack, parce qu'il

n'y a pas plus malin et plus gentil à dix lieues à la ronde."

— C'est vrai ? » s'étonna Toc-Toc dont les oreilles devinrent écarlates.

Il se mit à fourrager dans son sac pour masquer sa gêne.

Harry n'avait pas l'habitude des adultes timides. Il préféra changer de conversation.

« Ça fait longtemps que vous êtes là, Toc-Toc ?

— Ouais, répondit-il en fouillant toujours. Pas loin de sept ans. Avant, j'travaillais dans la mine. »

Il releva sa tête, rose jusqu'au sommet du crâne et se moucha vigoureusement.

« Et pis ta Tatie Florrie m'a embauché pour m'occuper d'ses voitures. Les moteurs, ça m'a toujours réussi.

— C'est vous qui entretenez la vieille Mercedes ?

— Ouais. J'parie qu'elles t'ont emmené faire un p'tit tour à l'aérodrome c'matin.

— C'était génial ! s'exclama Harry en se penchant en avant. Expliquez-moi les deux moteurs.

— Ça pourrait s'faire, vu qu'c'est moi qui les ai conçus et installés. Mais je vais pas aller l'crier sur les toits. Y'en a des qui pourraient ne pas comprendre. Disons que ce sera notre petit secret, d'accord ? »

Harry mourait d'envie d'en savoir plus.

« Vous me les montrerez ? demanda-t-il.

— Bien sûr, si t'en as envie. Viens ce soir après dîner. J'serai au garage. Mais attention, reprit Toc-Toc en souriant, pas trop tard. Souviens-toi du Vieux Gogo. (Il sortit une vieille montre de sa salopette.) Faut que j'y aille. »

Toc-Toc se leva et hissa la faux sur son épaule.

« J'dois aller couper de l'herbe pour Chalky et Socrate. Tu les rencontreras plus tard. Si tu continues par là, dit-il en montrant le bois d'un geste de la tête, t'arrives au lac. J'parie que tu sais nager. »

Harry hocha la tête en guise d'acquiescement.

« Bien ?

— J'ai remporté des médailles.

— Rien qu'ça ! Bon, fais gaffe. J'ai pas envie que tu t'noies le premier jour. J'ai réparé les planches pourries sur le ponton. Ça fait un genre d'échelle. Un vrai plongeoir ! »

Suçotant son mégot, il se dirigea vers les serres.

Harry et Fouillis partirent dans l'autre sens, vers le lac.

4

Dans les bois

C'était un bois merveilleux, une véritable forêt de Sherwood[1]. Au bout de cent mètres, Harry ne voyait plus la maison. Au bout de deux cents, il était perdu. Attrapant un bâton, il se fraya un chemin parmi les ronces. Les oiseaux voletaient de branche en branche ; le soleil filtrait à travers les feuilles. Harry adorait ça et, pour Fouillis, l'endroit était un paradis.

Ils atteignirent une clairière. Harry escalada le tronc d'un gros arbre que les tempêtes de l'hiver avaient déraciné. Assis à califourchon à deux mètres

1. La forêt de Robin des Bois.

cinquante du sol, comme sur un cheval géant, il scruta une mer de fougères.

Un bosquet d'ifs, plus sombre que le reste de la végétation, lui fit penser au fantôme. Le Vieux Gogo flottait-il la nuit entre les arbres pour terroriser les habitants du Manoir de La Thôle ? Il n'en croyait pas un mot.

Il s'allongea sur le tronc, les mains croisées derrière la tête, et contempla les branches. Ébloui par le soleil, il ferma les yeux et commença à chantonner à propos du Vieux Gogo.

Il se redressa. L'écorce était dure ; il en souleva un bon morceau qui se cassa brusquement, libérant une colonie de fourmis. Harry fit un bond en arrière, mais des douzaines d'insectes couraient déjà sur son t-shirt et sur son jean. Pire encore, il s'aperçut qu'à cause de la fermeture Éclair cassée, elles s'infiltraient vers son slip. Il se releva en criant, et balaya les bestioles d'un revers impitoyable. Il tira sur sa ceinture, arracha son bouton et descendit son pantalon jusqu'aux chevilles. Ses jambes nues en étaient couvertes. Il entreprit de les chasser à grandes claques. Il tenta de faire passer son jean par-dessus ses tennis, mais elles étaient trop grosses. Il manqua tomber et sautilla maladroitement jusqu'à un endroit sans fourmis. Ces satanées bestioles étaient peut-être passées à l'intérieur de son slip ! Il tira sur l'élastique pour vérifier.

« Hi ! Hi ! Hi ! Hi ! »

Harry se figea, frissonnant jusqu'à la racine des cheveux. D'où venait ce bruit ?

« Ho ! Ho ! Ho ! Ho ! Ho ! »

Il leva les yeux, mais le soleil était éblouissant.

Sur une branche bien au-dessus de sa tête, une minuscule vieille dame se moquait de lui, en balançant ses jambes dans le vide.

« Elles sont toutes parties ? » s'enquit-elle gaiement.

Harry devint écarlate. En se baissant, il s'emmêla les pinceaux dans son pantalon. Il faillit tomber et se rattrapa in extremis à une branche. Il réussit à le remonter et à reboucler sa ceinture. Il se décida enfin à relever les yeux.

« Inutile d'être gêné, dit la voix perçante. J'ai sept neveux. Tu n'es pas le premier garçon que je vois en slip. »

Ce personnage extraordinaire, vêtu d'un collant rouge vif et d'une tunique verte, paraissait sorti tout droit de la forêt de Sherwood. Mais ce n'était ni Belle Marianne ni un Frère Tuck version féminine, car elle avait une crinière de cheveux blancs et était âgée de soixante-dix ou quatre-vingts ans.

« Attends-moi, je descends. »

Leste comme un singe, elle courut sur sa branche et s'accroupit, les genoux pliés comme une grenouille. Elle disparut quelques instants dans un océan de fougères puis, comme un petit pantin, réapparut soudain sur le tronc aux côtés de Harry et de Fouillis.

« Bonjour, lança-t-elle avec entrain. Tu dois être Harry Barton. On t'attendait. »

Comme si elle avait trop d'énergie pour rester tranquille, la vieille dame effectua un saut de mains.

« Je m'appelle Dot ! La Mouche Humaine. Ça pique pas, les mouches, d'ailleurs je ne suis pas piquée ! » dit-elle en riant de sa plaisanterie.

« Pas piquée ! pensa Harry. Tu parles, Charles ! »

« Tu aimes grimper aux arbres ? demanda-t-elle.

— Oui.

— Ce bois est parfait pour ça, continua la vieille dame. Eh, viens avec moi, on s'amuse mieux là-haut. »

Hardiment, elle sauta à terre et l'entraîna dans un étroit passage.

« Évidemment, les arbres, ce n'est pas comme le Grand Canyon ou l'Empire State Building, dit Dot. Mais si tu veux des chênes et des hêtres, des séquoias géants, tout un mélange, il n'y a pas mieux qu'ici. »

Elle bondit pour attraper une branche. Un rétablissement et elle se retrouva assise dessus, baignée de soleil, comme un lutin dans un recueil de contes de fées. Elle redescendit à terre et ils reprirent leur marche dans les fougères saturées de soleil.

« Tes tantes t'ont sans doute parlé de moi. »

Harry secoua la tête.

« Oh, j'étais drôlement célèbre, déclara la petite femme. Je travaillais au Grand Cirque à Paris. Queenie, on m'appelait à l'époque. On en avait des vedettes. Tu as entendu parler de l'Araignée de la tour Eiffel ? De l'Ange du Niagara ?

— Il ne me semble pas, répondit poliment Harry.

— Non ? Oh ! là ! là ! pourtant, j'étais dans toute la presse. Queen Quong ? La Nonne Folle de Notre-Dame ?

— Je crois que ça me rappelle quelque chose, mentit outrageusement Harry. Oui, oui. J'ai entendu parler de la Nonne Folle.

— Ah bon ? Où ça ? demanda Dot dont le petit visage de gnome rayonnait de plaisir.

— Dans un journal à l'école. Un article important, en fait. Comment vous vous habilliez en bonne sœur – et vous montiez à l'assaut des tours de Notre-Dame, comme Quasimodo, et tout le monde venait vous voir.

— C'est ça, confirma Dot enchantée. Les gens s'en souviennent encore. »

Comme ils arrivaient dans une petite clairière, elle enchaîna une demi-douzaine de roues tellement vite qu'elle n'était plus qu'un panaché de vert et rouge. Rien que de la regarder, Harry avait le vertige.

« Tu vois ce bouquet d'arbres ? Eh bien, c'est là

où se cache le Vieux Gogo. Ils t'ont prévenu, à propos du Vieux Gogo ? ajouta-t-elle en écarquillant les yeux. Le terrible fantôme ? »

Elle savait qu'il savait, se dit Harry. Elle l'avait entendu fredonner tout à l'heure.

« Un vrai monstre, continua-t-elle sans attendre sa réponse. Son tombeau est quelque part par ici. Si tu cherches maintenant, tu ne trouveras que des pierres. Mais avant, ici, il y avait une maison dans laquelle un meurtre sanglant a été commis. »

Avec son passé d'artiste de cirque, Dot racontait l'histoire de façon plus dramatique que Toc-Toc. Harry frissonna, mais toujours sans en croire un mot.

« Il est dangereux... le Vieux Gogo ? interrogea-t-il candidement.

— Pas pendant la journée. Il ne sort pas tant que le soleil n'est pas couché. Mais la nuit...

— Qu'est-ce qui se passe la nuit ?

— Il surgit hors de son tombeau, squelette couvert de terre, et il rampe à travers les arbres jusqu'à la maison. Après, il regarde par les fenêtres et se cache dans les fourrés ; il guette quelqu'un d'assez idiot pour aller se promener dans l'obscurité. Alors, quand il l'attrape entre ses mains décharnées...

— Qu'est-ce qui se passe ?

— Ooh, des choses terribles ! Trop terribles pour tes jeunes oreilles.

— Oui, mais quoi ? Racontez-moi. »

Dot se mit à rire.

« Est-ce que vous êtes en train de me dire, demanda calmement Harry, que je ferais mieux de ne pas me promener la nuit ? Que ça risque d'être dangereux ?

— Exactement ! répondit-elle en lui posant la main sur le bras. Tu as tout compris. Reste dans ton lit. Il ne t'arrivera rien, là-haut dans ta tour. »

Harry mourait d'envie de savoir quel secret Toc-Toc et Dot tentaient de lui cacher.

Devant eux se dressait un arbre géant.

« Voilà celui que nous allons escalader, annonça la vieille dame. Du gâteau. Un bon chêne anglais avec plein de prises et des paliers confortables. »

Harry leva les yeux. L'arbre dominait tous ses voisins. Des millions de mouches bourdonnaient autour de ses feuilles. Une grosse chenille, verte et grasse, sauta de ses cheveux et entreprit de ramper dans l'encolure de son t-shirt.

« Viens, dit Dot, suis-moi. »

Harry se retrouva vite dans un autre univers. Autour de lui, il n'y avait que des branches, de l'air, du ciel bleu et des paquets de feuilles vertes. Tout en bas, pas plus grand qu'une souris, Fouillis le regardait, la tête penchée sur le côté.

Le sol était loin, loin... S'il tombait de cette hauteur... Harry commença à se sentir nerveux.

« Tu veux t'encorder ? proposa Dot qui portait enroulée autour de sa taille une fine corde blanche.

— Non merci », répondit Harry en attrapant une autre branche.

Le sommet des arbres plus petits était à présent en dessous d'eux. Le bois s'étendait dans toutes les directions, comme un champ de choux géants. Harry n'était jamais monté si haut.

« Regardez, dit-il. Un nid.

— Les arbres en sont pleins.

— Mais dans celui-là, il y a des œufs. »

Cinq en tout, assez gros, bleu-vert moucheté de noir. Harry en prit un. Il était très froid.

« Corbeau, précisa Dot. Attention à ne pas le casser. Ça m'est arrivé une fois... pouah ! quelle puanteur ! »

Ils atteignirent rapidement les plus hautes branches. Harry s'installa confortablement pour examiner la forêt. Au loin, il apercevait une rangée de collines bleutées. De l'autre côté, la ligne brillante de la mer.

« C'est génial ! s'exclama-t-il. Fantastique ! »

Une énorme mouette passa. Elle les repéra et poussa un cri d'avertissement, qui fit rire Harry.

« Chut ! »

Dot lui saisit le bras en lui montrant le sol. Dans

la clairière tout en bas, se tenait un homme, vêtu d'un costume en tweed marron. Manifestement, il cherchait à ne pas être vu puisqu'il avançait accroupi en regardant autour de lui. Il était équipé de puissantes jumelles et d'un appareil photo muni d'un téléobjectif.

Harry le reconnut immédiatement.

« Priestly la Brute ! siffla Dot.

— On l'a vu ce matin, chuchota Harry. Dans une grosse Rolls-Royce jaune. Il a failli nous rentrer dedans. Qu'est-ce qu'il fait ? Il observe les oiseaux ?

— Les oiseaux ? Ce type est incapable de reconnaître un hibou d'une autruche. Non, il n'observe pas les oiseaux. Il espionne La Thôle, voilà ce qu'il fait. Il nous espionne, ce misérable crapaud puant ! lança-t-elle en lui adressant une ignoble grimace.

— Pourquoi ?

— Il a ses raisons. Demande plutôt à ta tante Bridget. C'est la troisième fois que je le repère », ajouta-t-elle en redescendant pour mieux le voir.

Courbé en deux, le colonel Priestly courut d'un sorbier à un bosquet de digitales pourpres, dans lequel il s'accroupit. Il était gros et son visage rougeaud luisait de sueur. Ses cheveux orange brillaient dans le soleil.

« J'ai une idée. Viens vite, dit Dot. Fais attention. »

En essayant de ne pas faire bruire les feuilles, ils redescendirent jusqu'au nid abandonné.

« Tu sais viser ?

— À peu près, répondit Harry.

— Parfait, trois pour toi et deux pour moi, déclara Dot en prenant un des œufs vieux de quatre mois et en se préparant à le lancer. Vise la caboche ! »

Ravi à l'idée de bombarder un adulte d'œufs pourris, Harry en saisit un.

Le colonel était passé des digitales à un tas de pierres moussues.

« À vos marques, prêt, partez ! »

Dot balança le premier œuf. Harry le regarda fendre l'air en une courbe parfaite. Splatch ! il atterrit juste à côté de la chaussure du colonel. Surpris, celui-ci regarda autour de lui.

Harry lança alors son œuf, mais les feuilles bruissèrent sur son passage.

Le colonel leva les yeux et sortit ses lunettes. Il repéra les deux silhouettes dans l'arbre.

« Bon sang, Priestly ! dit Dot en se penchant, le poing levé. Encore à rôder comme un vieux blaireau puant. On sait tout sur vous – avec vos parties de chasse et vos matchs de tennis, vous ne trompez personne ! Vous êtes pourri jusqu'à la moelle – exactement comme cet œuf ! »

Elle en lança un autre. Tir parfait. L'œuf de corbeau vola entre les branches et vint atterrir, splosh, droit sur son épaule.

Harry poussa un cri de joie.

Le colonel cria lui aussi.

« Je vous vois là-haut, Dotty Lalouette. Beurk ! Qu'est-ce que ça pue ! Vous me le paierez ! Je vais vous apprendre à vous mêler de ce qui ne vous regarde pas. Et qui est avec vous ? Un garçon ? Mais qui est-ce ?

— Vas-y ! » chuchota Dot.

Harry prit son élan.

« Descends ! Et vite ! Tu peux me croire, tu vas t'attirer... », hurla Priestly.

L'œuf siffla comme une balle de cricket. Si le tir de Dot avait été merveilleux, celui-ci était fantastique. Même d'où ils se trouvaient, ils entendirent le gros POP ! de l'œuf lui explosant sur le front. Le jaune puant se répandit partout – sur ses cheveux, dans son oreille, sur ses lunettes, sur sa moustache, sur l'appareil photo, partout !

Ivre de rage, le colonel sortit un grand mouchoir et entreprit de s'essuyer.

« Je t'aurai ! Qui que tu sois, je t'aurai ! » hurla-t-il, le visage blême et les yeux exorbités.

À ce moment, Fouillis, qui était parti chasser, réapparut. Il se mit aussitôt à gronder, les babines retroussées. D'un bond, il se jeta sur la cheville du colonel.

« Vas-y, Fouillis ! Mords-le ! Déchire-lui le pantalon ! »

Encouragé par les cris, Fouillis redoubla d'ardeur.

« Lâche-moi ! Sale bête ! Aïe, ma jambe ! »

Le colonel recula en vacillant.

« Bon chien ! Vas-y ! Chasse-le ! » crièrent-ils.

Harry lança son dernier œuf. Dot arracha des glands et des morceaux de bois pourri. Mitraillé en pleine tête, attaqué sur l'arrière par une bête pourvue d'une centaine de crocs, le colonel était coincé. Trébuchant et tombant, il effectua une retraite sans dignité.

« C'est ça, Priestly ! Fiche le camp ! Barre-toi de chez nous ! La prochaine fois, tu ne t'en tireras pas aussi facilement ! » cria Dot de sa voix perçante.

En se retenant aux branches, Dot et Harry entamèrent une danse de victoire.

« Oh ! Formidable ! soupira Dot en riant de plaisir. Attends que je raconte ça aux autres ! Harry Barton, tu es un garçon selon mon cœur. Bienvenue à La Thôle ! »

Fouillis revint en remuant la queue et repartit chasser les lapins plutôt que les colonels.

Dot et Harry remontèrent en haut de l'arbre. Le lac s'étendait non loin de là, bleu et argent.

L'eau, par cette chaude après-midi d'été, était irrésistible.

« Tu devrais aller te baigner, suggéra Dot.

— J'en avais bien l'intention », répondit Harry.

Et il écarta les bras dans le vent comme s'il volait.

5

Le lac

Debout sur le ponton, Harry regardait l'eau profonde. Le soleil tapait sur ses épaules nues et blanches de citadin. Il espérait que son slip bleu passerait pour un maillot de bain, si jamais quelqu'un arrivait. Il prit une profonde inspiration et plongea. L'eau était délicieuse, sans sel et sans eau de Javel, fraîche et pure.

Harry était un excellent nageur ; il avait remporté une médaille pour le 1 500 mètres et une autre de sauveteur. Il nagea pendant dix minutes puis remonta s'étaler sur le ponton. Le lac était tranquille, on n'entendait que le cri d'un oiseau, le bourdonnement lointain d'un insecte et les grognements paisibles de Fouillis. Harry ferma les yeux et la chaleur l'engourdit délicieusement.

Une planche craqua. Une ombre s'interposa entre lui et le soleil. Pensant qu'un nuage passait dans le ciel, il ouvrit à moitié les yeux.

Deux silhouettes se dressaient au-dessus de lui. Harry poussa un cri et se releva d'un bond.

« Va bien ! déclara le plus gros des nouveaux venus, une femme. Désolée t'avoir surpris. Pensions que t'avais entendu nous approcher. »

Harry écarquilla les yeux.

« Eh, ça aurait pu être dangereux ! dit l'homme qui l'accompagnait. Ouvrir les yeux et trouver une montagne pareille au-dessus de lui ! De quoi tomber à l'eau direct ! Faut pas t'en faire, mon gars, ajouta-t-il en se tournant vers Harry. C'est qu'La Barak et Les Doigts ! On m'a averti que t'étais là, alors on est venu t'en serrer cinq... enfin, façon de parler. »

À présent qu'il était debout, Harry se rendit compte que l'homme, loin d'être un géant, était au contraire plutôt du genre gringalet. À voir ses rides, il devait avoir une soixantaine d'années. Une moustache maigrichonne barrait sa bouche mince. Il n'avait pas de menton, pas d'épaules non plus et un costume trop grand pendait sur son torse maigre.

« J'me baignerais bien, moi, reprit-il. Qu'est-ce t'en dis, La Barak ? Toi, vaudrait p't-être mieux pas, ajouta-t-il gentiment, tu risquerais de faire déborder le lac ! »

Harry s'aperçut alors qu'il lui manquait un certain nombre de doigts et, oubliant ses bonnes manières, il demanda avec curiosité :

« Que leur est-il arrivé ?

— À qui ?

— À vos mains.

— Mes mains ? répéta Les Doigts d'un air étonné. Oh... rien. Un accident, quoi.

— Accident ? rugit sa grosse copine. Tu parles, cinquante accidents, au moins !

— Oui, j'ai pas fait attention au travail, une ou deux fois. C'est pour ça qu'on m'appelle Les Doigts. Les Doigts Peterman. Enchanté de faire ta connaissance. Et puisqu'on est dans les présentations, dis-lui donc pourquoi on t'appelle La Barak. Elle est russe, tu sais, précisa-t-il à Harry.

— Moitié russe, moitié allemande. Oh ! Trop chaleur ! Moi, j'aime froid. »

À les voir côte à côte, ils ressemblaient davantage à deux chiens mal assortis qu'à un couple de citoyens du troisième âge. Contrairement à Les Doigts, la femme était énorme. À vrai dire, Harry n'en avait jamais rencontré d'aussi grosse. Au-dessus d'un visage bienveillant, mais au sourire largement édenté, jaillissait un paillasson de cheveux qui ne recouvraient qu'à peine des oreilles largement décollées. Harry jeta un œil sur le vaste tricot imprimé, la jupe de tweed et les mollets saillants au-dessus d'une paire de chaussures taille 42.

« Harry, t'as chance ! grogna La Barak de sa voix gutturale. Tu es si jeune et si mince.

— Il fait délicieux dans l'eau, constata Harry. Toc-Toc m'a installé une échelle.

— Si t'as si chaud, pourquoi qu'tu vas pas y faire un tour ?

— Moi, en sous-vêtements ? répliqua-t-elle avec un éclat de rire qui la fit trembler comme un plat de gelée. Poissons, très peur ! »

Ils se mirent tous à rire.

« Ne la crois pas, dit Les Doigts. Elle a passé la moitié de sa vie en petite culotte.

— Écoute pas, fit la femme. Très ancien.

— Ouais, c'était une sacrée lutteuse, expliqua fièrement Les Doigts. L'Étrangleuse, qu'on l'appelait.

— Oh, ferme-la, rétorqua La Barak, ou je dis boulot de toi. »

Harry était sidéré.

« Mais vous étiez vraiment lutteuse ? Comme les dames à la télé ?

— Non, pas comme télé, expliqua-t-elle, les sourcils froncés. Ça, c'est chiqué. Moi, c'était qualité. Vraie lutteuse. La classe.

— Vous m'apprendrez ? demanda Harry. Puisque j'habite ici.

— D'accord, mais pas aujourd'hui, répondit-elle en riant. Quand température meilleure.

— Merci ! s'exclama Harry, enchanté.

— Viens ici, je vais montrer quelque chose à toi. »

Souriant, Harry obéit tout en se raidissant dans l'attente d'une blague.

La suite se déroula si rapidement que Harry fut pris par surprise. L'énorme créature ne fit apparemment pas un geste, mais il se retrouva en train de voler au-dessus du lac. Il atterrit dans un plat assourdissant et réapparut une minute plus tard, un sourire jusqu'aux oreilles.

« Surtout, conclut la grosse dame, ne laisse jamais personne faire chose pareille. »

Sur ces mots, elle l'attrapa et le rejeta à l'eau, mais cette fois, de l'autre côté.

6

Le Vieux Gogo

« Et tu l'appelais Lolo Gestapo ? Oh, mon pauvre Harry, compatit Tante Bridget en riant.

— Ma parole, c'était une vraie terreur, renchérit Tatie Florrie. Ne t'inquiète pas, tu l'oublieras bientôt. Tu es au Manoir de La Thôle, maintenant. Bonne nuit, mon chéri. Nous sommes tellement contentes que tu sois là. Et si tu as besoin de quoi que ce soit, utilise l'interphone. »

Il était dix heures, Harry était couché.

« Bonsoir, dit-il.

— Fais de beaux rêves. »

Ses tantes disparurent de sa vue, la lumière de

l'escalier s'éteignit et la porte de la tour se referma. Il était seul.

Le lit tangua sous le poids de Fouillis qui avait attendu le départ des deux vieilles dames pour s'installer commodément.

« Ne t'endors pas, le prévint Harry. On va ressortir. Je veux en avoir le cœur net, de cette histoire de Vieux Gogo. Je veux savoir ce qu'ils essayent de me cacher, tous. »

Craignant de s'endormir, Harry mit son réveil puis se recoucha. Il parcourut des yeux les étagères de la bibliothèque et se releva pour prendre un livre intitulé *Le Trésor de la neige.* Il aimait lire, mais ce soir, il était trop préoccupé pour ça.

Sur le mur d'en face était accroché l'interphone vert foncé. Cela lui donna une idée. Peut-être pourrait-il surprendre les conversations dans la maison. Il se dirigea vers lui, pieds nus, et souleva doucement le récepteur. Silence, à part un faible bourdonnement électronique. Il examina l'appareil. Il n'y avait qu'un seul bouton, qui devait sans doute déclencher une sonnerie à l'autre bout. Il ne fallait pas y toucher. Il écouta encore. Toujours rien. Il venait juste de raccrocher quand l'interphone se mit à grésiller.

« Allô ! » hurla une voix déformée, comme celle d'un perroquet.

Harry eut tellement peur qu'il lâcha l'appareil,

qui vint s'écraser contre le mur en rebondissant au bout de son fil annelé.

« Harry ? Tout va bien ? » brailla l'appareil.

D'une main tremblante, il le récupéra.

« C'est toi, Tante Bridget ?

— Non, c'est Tatie Florrie. Pas de problèmes, j'espère, mon chéri ?

— Non, répondit-il en tentant désespérément de trouver quelque chose à dire. Je me demandais simplement comment ça marchait. »

Il entendait des voix chuchoter derrière sa tante.

« Alors, tout va bien, mon chéri. Ces appareils sont atroces : on dirait que tu as une laryngite. Allez, au lit et fais de beaux rêves.

— Bonsoir, Tatie Florrie. »

Il attendit mais personne ne raccrocha à l'autre bout de la ligne. Il finit par le faire.

« Horrible ! déclara-t-il à Fouillis. J'ai l'impression qu'elles savaient que je les espionnais. »

Il regarda l'heure. Encore une demi-heure à attendre.

Il se recoucha et reprit son livre. Cette fois, il fut tellement captivé par cette aventure qu'il n'entendit pas la porte de la tour s'ouvrir. Soudain, un bruit de pas résonna sur les marches de pierre. Affolé, il se dit : « C'est le Vieux Gogo ! Ce sont mes tantes, furieuses parce qu'elles ont découvert que je les espionne ! C'est... »

Le bruit était maintenant derrière sa porte. Plus le temps de penser. Il ferma les yeux et laissa son livre tomber sur la couverture.

Quelqu'un pénétra dans la chambre, le souffle court après avoir monté l'escalier. Il tourna la tête et ouvrit des yeux pleins de sommeil.

Tante Bridget se dressait à côté de son lit ; elle ramassa son livre et le reposa sur l'étagère. Elle remonta la couette sur ses épaules puis se pencha pour déposer un baiser sur son front.

Clic ! La pièce était plongée dans les ténèbres. La porte se referma. La lumière de l'escalier s'alluma. La porte de la tour claqua elle aussi. Tout s'éteignit. Harry était à nouveau seul.

Il attendit deux minutes, puis se releva pour aller épier entre les rideaux ce qui se passait.

La lune brillait et les pelouses avaient un éclat argenté. Mais sous les arbres régnait une ombre profonde.

Harry ouvrit la fenêtre. Dans l'air tiède de la nuit montaient les effluves de la terre surchauffée. Une vache meugla, un chien aboya, une voiture accéléra dans le silence.

C'était le moment d'y aller. Il se rhabilla rapidement. Il n'avait ni torche ni arme – il trouverait bien une branche quelque part. Vivement, il installa son oreiller et sa valise sous la couette, pour donner l'impression qu'il était en train de dormir tranquillement. Puis, Fouillis sur les talons, il traversa la pièce. Au moment d'ouvrir la porte, un bruit assourdissant retentit. Son cœur bondit. Le réveil ! Il se précipita pour l'arrêter. Il attendit mais personne ne vint. Les battements de son cœur se calmèrent.

Dans l'escalier, l'obscurité était totale. Il avait compté quarante-sept marches jusqu'à la porte de la tour. Une main cramponnée à la rampe, l'autre ne lâchant pas le mur, il commença à descendre.

« Reste à côté de moi ! Et ne tire pas ! ordonna Harry qui avait noué un bout de corde au collier de Fouillis. Si jamais on tombe sur le Vieux Gogo, tu le mords ! Mais si on voit Tante Bridget, tu te tais ! »

Fouillis ne répondit pas, évidemment.

Ils se trouvaient à une courte distance de la tour. La Thôle baignait dans le clair de lune. Les yeux écarquillés, Harry écoutait le moindre bruit. R.A.S. Rien à signaler.

« Vite ! » dit-il en tirant sur la laisse de Fouillis.

Ils traversèrent la pelouse mouillée de rosée et disparurent dans l'ombre. À trente mètres de là, la porte-fenêtre du salon jetait une lumière dorée sur le gravier. Toutes les autres étaient éteintes.

Harry s'avança avec précaution. La pièce était masquée par de lourds rideaux crème, vert et orange. Il eut beau essayer de regarder par la fente, il n'aperçut qu'une bande de papier peint.

Il appuya son oreille contre la vitre. Quelqu'un

parlait, une femme. Tante Bridget, apparemment. Impossible de distinguer ce qu'elle racontait. Une autre voix, celle d'un homme, l'interrompit. Puis il crut entendre Tante Bridget dire : « Oui, Florrie prendra la voiture et... »

« Bon, qu'est-ce qu'on fait, maintenant, Fouillis ? »

Le chien était assis, les oreilles dressées, fixant l'endroit d'où ils venaient.

« Qu'est-ce qui se passe ? » demanda Harry en frissonnant.

Il scruta les ténèbres, mais ne vit rien. Puis il le repéra, une forme sombre traversant la pelouse. Un hérisson !

Harry se détendit et caressa la tête de Fouillis.

Mais son soulagement fut de courte durée, car une lumière vacilla dans les arbres. Son cœur eut un raté.

La lumière disparut. Il attendit et elle réapparut, s'intensifia avant de disparaître à nouveau.

Qui était là ? Était-ce le Vieux Gogo qui guettait dans les ténèbres denses, derrière la tour ? En tout cas, Fouillis n'avait pas l'air affolé. Il fallait que Harry quitte cette zone éclairée et retourne dans l'ombre protectrice.

Il traversa les graviers en courant et s'immobilisa, haletant. Il tendit l'oreille, la nuit était pleine de bruits.

« Les fantômes, ça n'existe pas ! » se dit-il.

Un gémissement sourd s'éleva et un éclair de lumière jaillit derrière les arbres.

Harry frissonna. Il aurait mieux fait de rester couché, comme tout le monde le lui avait conseillé. Mais maintenant, il fallait qu'il en sache davantage. Évitant au maximum le clair de lune, il contourna la pelouse et entra dans le bois derrière la tour. Il avait les pieds trempés par la rosée du soir, mais il s'en aperçut à peine.

Cela allait être difficile de tenir Fouillis en laisse au milieu des arbres. Il dénoua la corde et recommanda au chien de ne pas s'éloigner. Il avançait avec précaution. Les petites branches lui griffaient le visage. Il se prit la cheville dans une racine et faillit s'étaler. Il ramassa un bout de bois, long comme son bras et continua. Le chien avisa un lapin et se lança à sa poursuite, fonçant dans le sous-bois comme un attelage de chevaux en fuite.

Harry s'immobilisa. Mais le vacarme n'avait pas perturbé ce qui se baladait non loin de là. Le gémissement extraterrestre était à présent plus fort. Il entendit des bruits de pas. La lumière vacillante se fit plus intense.

Il finit par atteindre une petite clairière et s'arrêta. Le vent avait fraîchi. Les branches noires bruissaient dans le clair de lune. Les ombres bougeaient autour de lui.

Une minute passa. Puis une autre. Brusquement, à l'autre extrémité de la clairière, il entendit un bruit sec – snap – comme une brindille qui se brise.

Il tourna brusquement la tête.

« Aaaaaooooh ! »

Il y eut un gémissement sourd. Un éclair de lumière fantomatique s'éleva au-dessus du sol et commença à s'étendre. Des pieds géants surgirent de la terre.

« Qu'est-ce que c'est ? cria Harry, terrifié.

— Aaaaaooooh ! »

Le cri monta plus fort, plus long, envahissant.

Au même moment, à quatre mètres du sol, la clarté s'intensifia et une apparition hideuse se détacha. À partir de la taille, elle portait une longue robe, comme un moine, mais la tête et le buste étaient ceux d'une bête aux yeux brillants, aux crocs terrifiants et aux griffes acérées. Une créature prête à se précipiter sur lui. Elle bougea, se gonfla bizarrement et disparut.

Cette vision de cauchemar n'avait pas duré plus d'une seconde, mais ce fut suffisant pour Harry. Il s'enfuit, en poussant des cris de terreur. Les branches et les ronces lui griffèrent le visage tandis qu'il se débattait au milieu des arbres et des fourrés. Quelque chose lui attrapa la cheville et il s'étala de tout son long. Avec l'énergie du désespoir, il tira sur son pied pour le libérer et reprit sa course.

Derrière lui, il entendait des pas lourds lancés à sa poursuite ; une silhouette fonçait dans le sous-bois. Les cris du Vieux Gogo résonnaient sous les arbres.

« Aaaaaaooooh ! Aaaaaaooooh ! »

*

* *

La tour lui offrit un abri.

Après avoir verrouillé la porte et allumé l'électricité, il s'assit au pied de l'escalier en colimaçon et lécha le sang d'une égratignure sur le dessus de sa main. Sa joue et sa jambe le brûlaient.

À ses pieds, Fouillis, qui l'avait suivi dans sa course folle, était aussi en train de se lécher. L'entrée était maculée de traces boueuses.

Le moment de panique était passé, le laissant songeur.

Il y avait un truc louche à propos du Vieux Gogo, se dit-il, très louche même. D'abord, en dépit de tous ces gens qui l'avaient prévenu – ce qui était déjà bizarre – les fantômes n'existaient pas. Qu'importe ce qu'il avait senti, qu'importe qu'il ait fui, les fantômes n'existaient pas. Et puis la lueur apparaissait tellement régulièrement, à peu près toutes les trois minutes. Et toujours liée au gémissement. Il n'avait pas entendu gémir sans voir la lumière, il n'avait pas vu la lumière sans entendre le gémissement. Et puis ce *snap* juste avant que ça ne commence – ça aurait très bien pu être un interrupteur. Et en plus, la première fois qu'il était tombé, son pied s'était pris dans un câble en plastique, pas dans des branches – il l'avait senti sous ses doigts, lisse et glissant. En définitive, quel mal lui avait vraiment fait le Vieux Gogo ? Aucun ! Ce terrible fantôme, s'était contenté d'apparaître, de gémir et de se gonfler bizarrement.

Il se pencha pour caresser Fouillis. Lui n'avait pas eu peur et les chiens sont censés réagir à toutes les manifestations surnaturelles.

Harry décida de pousser plus loin ses investigations. Il monta les quarante-sept marches quatre à quatre et prit le vieux réveil sur sa table de chevet. Il redescendit en courant, déverrouilla la porte, éteignit la lumière. En compagnie de Fouillis, il retourna dans le jardin baigné par le clair de lune.

Si la situation se gâtait, le réveil avec ses deux sonneries serait une arme efficace. Il était suffisamment lourd pour coller la migraine à n'importe qui, fantôme ou homme.

Il courut jusqu'à la lisière du bois et s'enfonça dans l'ombre. Il avança doucement au milieu des arbres – et s'arrêta. Il reprit sa marche. Brusquement, il vit la première lueur vacillante et entendit le lugubre gémissement. Il attendit et la lumière s'intensifia. Il y eut un bruit de pas lourds. La plainte cessa.

Il regarda le cadran lumineux du réveil. Onze heures quatorze. Il chercha un endroit confortable et s'assit, adossé à un arbre.

« Viens ici, Fouillis. »

Un bras passé autour du cou de l'animal, il contempla l'aiguille des minutes en train de faire le tour du cadran.

La lueur revint ; le gémissement aussi ; l'éclat s'intensifia et disparut. Harry regarda l'heure. Onze heures dix-huit.

Il attendit. C'était sinistre. N'importe quoi, des fous ou des tigres, pouvait le guetter dans les ténèbres bruyantes qui l'entouraient.

La lumière revint. Onze heures vingt-deux.

Des intervalles de quatre minutes exactement.

Harry se leva.

Il était facile de se perdre dans le bois éclairé par la lune. Il erra un moment, puis la lumière le guida et il se retrouva à la lisière de la clairière.

À peine était-il arrivé que le léger *snap* fit dresser les oreilles de Fouillis. Aussitôt, la lumière se mit à trembloter au-dessus du sol. Un gémissement à vous glacer les sangs monta entre les arbres. La clarté augmenta, révélant la silhouette cauchemardesque du Vieux Gogo. Les plaintes devinrent plus fortes, avec des bruits qui ressemblaient à des battements de cœur et des branches écrasées.

Cela s'arrêta.

Le spectacle était terminé.

Harry avança dans les fougères humides de rosée. Son jean était trempé et son pull aussi. Devant lui, là où l'apparition s'était manifestée, un rectangle noir se détachait contre les arbres. Il s'avança pour l'examiner.

« Aïe ! » dit-il en se cognant le tibia sur quelque chose de pointu.

Ça sonnait creux. Il donna un coup de pied dedans. C'était une boîte. Il se pencha. Il sentit au bout des doigts du bois, du tissu et des fils. Il s'agissait d'un vieux haut-parleur. Il se redressa. La forme noire, c'était du tissu noir, attaché avec des cordes entre deux troncs, qui s'enflait comme une voile dans le vent. À la lumière de la lune, il distingua un vague contour. Il le suivit des doigts. C'était la silhouette du Vieux Gogo.

Il entendit à ses pieds le petit *snap* d'un interrupteur et aussitôt, le bas de la silhouette fut éclairé. Apparemment, il devait s'agir d'une peinture fluorescente. Le haut-parleur commença à gémir, si fort, si près et de façon si lugubre que Fouillis se mit à hululer à l'unisson.

« La ferme, Fouillis ! » ordonna Harry.

À ce moment-là, tout le tissu s'illumina. Les yeux

effrayants étincelèrent, les griffes et les crocs semblèrent prêts à déchirer l'intrus. Bien que ce ne fût qu'une silhouette de carton, à cet endroit, au cœur de la nuit, avec ces gémissements et ces pas lourds, c'était proprement terrifiant.

La lumière s'éteignit, le haut-parleur se tut. Harry recula sous les arbres.

« Eh bien, Fouillis, quelle histoire ! Ils s'en sont donné, du mal ! La question, c'est... pourquoi ? dit-il en regardant quand même par-dessus son épaule. Pourquoi veulent-ils que je reste dans la tour ? Qu'est-ce qu'ils essayent de cacher ? Tu sais, toi ? »

Fouillis ne répondit pas.

« Moi non plus, je ne sais pas, déclara Harry en se levant. Eh bien, on va chercher. »

Son jean trempé lui collait aux jambes et il avait les pieds glacés. Mais cela ne le dérangeait en rien.

« C'est génial ! conclut-il en contemplant la lune. Il est près de minuit et je suis au milieu des bois. Quelle aventure ! »

7

L'espion

Tout au bout de La Thôle, symétrique par rapport à la tour, se dressait une énorme serre en fer forgé blanc.

Harry était devant la porte, seul. Au grand mécontentement de Fouillis, Harry l'avait enfermé dans la tour, parce qu'il avait l'intention d'entrer dans la maison et qu'avec le chien, il avait toute chance d'être découvert.

Le nez sur la vitre, il regarda à l'intérieur. Partout, s'élevaient des palmiers en pots et d'autres plantes à grandes feuilles. Des vignes chargées de grappes de raisins pas encore mûres s'enroulaient autour des piliers et du toit. Le mélange de décor victorien, de formes étranges et de clair de lune transformait le paysage en rêve. Apparemment, il n'y avait personne. Il tourna la poignée de fer. Le mécanisme grinça et la porte s'ouvrit.

Génial !

Il allait franchir le seuil quand il se ravisa – ses pieds ! Ses baskets détrempées allaient laisser des traces. Vite, il s'en débarrassa, fourra ses chaussettes dedans et les cacha derrière une touffe d'herbe. La rosée était glacée. Il frotta la plante de ses pieds contre son pantalon, entra dans la serre et referma la porte derrière lui.

L'air était tiède et parfumé. Sur le sol carrelé s'alignaient des meubles en rotin. Harry s'avança vers la porte intérieure qui ouvrait sur la maison. Elle n'était pas verrouillée et Harry se retrouva dans un couloir sombre, au sol couvert de linoléum. Il passa devant la buanderie et la cuisine. L'air sentait la cire, le repassage et le sandwich au bacon qu'il avait mangé à dîner. On entendait un bruit de voix.

Dans le grand vestibule, un escalier montait dans les chambres à coucher. Des tableaux magnifiques – pas des sinistres portraits d'ancêtres, mais des paysages et des natures mortes – ornaient les murs.

Ressemblant davantage à un cambrioleur qu'à un neveu, Harry avança sur la pointe des pieds jusqu'à la porte du salon où ses tantes et leurs amis tenaient conseil. Il s'accroupit pour regarder par le trou de la serrure.

Le salon était la plus belle pièce de la maison. Après l'obscurité du jardin et du vestibule, la lumière l'éblouissait. Il vit le tapis couleur ivoire, les lampes aux abat-jour ivoire et doré, les tables cirées portant du café et des verres à liqueur. Un groupe de vieillards chics – des vieilles pommes, comme les appelait sa tante – étaient assis dans des fauteuils confortables. Il vit Tatie Florrie, La Barak et Les Doigts, ainsi qu'un homme qui s'appelait Max qu'il avait rencontré pendant le dîner. Au milieu de la pièce, Tante Bridget, sculpturale dans un somptueux caftan, était à moitié assise sur le bras d'un canapé. Ses lunettes de grand-mère étincelaient dans la lumière. Elle était en train de parler, une grande feuille de papier à la main.

Harry appuya son oreille contre la porte.

« ... comme je l'ai déjà dit, expliquait Tante Bridget, Florrie se garera dans la rue voisine, c'est Market Row, en face de la petite papeterie. Et n'oubliez pas, Toc-Toc a changé les ailes et repeint la Mercedes en rouge. Et nous utiliserons les plaques de Manchester, pour qu'il n'y ait pas d'erreur.

— Petite correction, ma chérie, l'interrompit Tatie Florrie. Nous ne prendrons pas les plaques de Manchester, parce que personne n'arrive à se souvenir de leurs numéros. Toc-Toc a créé des plaques personnalisées qui sont plus faciles à mémoriser : DOB 123. C'est notre dixième opération banque, pour DOB, et 1, 2, 3.

— Ça me paraît une bonne idée, approuva Tante Bridget. Voulez-vous corriger vos feuilles : DOB 123. »

Les stylos coururent sur les bloc-notes posés sur leurs genoux.

« Ça vaut mieux, déclara Les Doigts. Plus pratique. Tous ces chiffres, je m'emmêle trop les pinceaux.

— Comme ça, rétorqua La Barak en riant, t'essayeras pas rentrer dans bagnole flics cette fois !

— Ouais ! Tu vas pas me le resservir à chaque fois. Je savais pus où j'en étais avec tous ces bijoutiers fous aux fesses ! Enfin, grâce à Florrie, je m'en suis sorti !

— Nous ne voulons pas que ça recommence cette fois, reprit Tante Bridget d'une voix ferme. Revenons à nos moutons. Comme je vous le disais, Florrie nous attendra dans Market Row, et quand nous tournerons de Gas Lane, qui est presque déserte, tout le monde croira que nous sortons du pub d'à côté. Alors, faites semblant d'avoir un petit coup dans le nez, mais pas trop pour ne pas attirer l'attention...

— Et hop en voiture avec le butin et en route pour Greenharbour et Hayford, enchaîna Tatie

Florrie. De bonnes routes bien dégagées et l'autoroute pas loin, au cas où on aurait besoin de se tirer vite fait.

— Bien, conclut Tante Bridget. Je pense que nous avons fait le tour de la situation. Des questions ? Non ? Bon, on répète encore une fois. Vérifiez vos plans, pour plus de sécurité. »

Harry était abasourdi. Rien d'étonnant à ce qu'ils souhaitent le laisser dans sa chambre ! C'était une bande de braqueurs de banques ! Sa seule famille au monde, les gens avec lesquels il était venu vivre – et c'était des criminels ! Incroyable ! Ils étaient tous si gentils. Tante Bridget – chef d'une bande de voleurs – que des vieux ! Ridicule ! Et pourtant, c'était vrai. Aucun doute là-dessus. Les Doigts, la voiture rapide, le Vieux Gogo, le pirate sur le camée – tout s'éclairait. Et le colonel Priestly était juge ! Et lui, Harry, il lui avait balancé des œufs pourris ! Passer de Lolo Gestapo à un repaire de voleurs ! Décidément, ses affaires ne s'arrangeaient pas ! Il recolla son oreille contre la porte.

« ... navrée de vous retenir si tard, disait Tante Bridget. Mais avec l'arrivée de Harry, on n'a pas vu le temps passer.

— Quel charmant garçon, commenta Dot. Tellement courageux ! Je pense que je vais l'emmener dans les Alpes.

— Merveille ! s'exclama La Barak. J'aime déjà

comme si c'était mien. J'aimerais frotter oreilles de saleté de gouvernante qu'il a parlé...

— Sacré gamin ! renchérit Les Doigts.

— Oh, vous êtes tous tellement gentils, s'attendrit Tatie Florrie en se mettant à pleurer. C'est un amour, et je suis tellement contente qu'il vous plaise.

— Allons, Florrie, reprends-toi, coupa sa sœur. Il est près de minuit et nous avons encore du pain sur la planche.

— Tu as raison, se reprit-elle en essuyant son rimmel. Mais le pauvre, il a eu une vie tellement dure...

— Mon Dieu ! s'exclama Bridget. Bon, on continue. Où en étions-nous ?

— On allait commencer.

— Avant, je voudrais savoir pour quand c'est, demanda Dot. On l'a déjà dit, mais j'ai oublié.

— Samedi prochain, neuf heures, répondit Les Doigts. Allez, Dot, réveille-toi.

— Ce n'est pas ça ! répondit Tante Bridget en soupirant. Samedi prochain, c'est la petite fête pour Harry. L'opération, c'est le vendredi d'après et on s'en va d'ici à huit heures.

— Ah oui ! Désolé, Bridget. Qu'est-ce qu'il y a, à neuf heures, alors ?

— C'était *Les Incorruptibles* – à la télé ce soir. »

Quelqu'un se mit à rire.

« C'est un miracle qu'on ne soit pas tous de nouveau derrière les barreaux, observa Tante Bridget.

Bon, on revoit tout pour la dernière fois, et bon sang, faites attention. Seuls cinq d'entre nous sont mobilisés pour cette opération : Dot, La Barak, Les Doigts, Florrie et moi. Max et Angel, vous avez votre soirée. Je sais que vous avez des projets, mais on en parlera ultérieurement.

« Donc, nous partons tous les cinq à huit heures. Nous serons à Oakborough vers neuf heures et Florrie nous déposera devant le pub. Elle ne reviendra pas avant onze heures.

— Je vous attendrai tous dans Market Row, continua Tatie Florrie.

— Absolument. Après le départ de Florrie, reprit Tante Bridget, nous restons à bavarder devant le pub pendant que Les Doigts va dans Gas Lane – souvenez-vous que ce n'est pas très bien éclairé – et ouvre la porte du numéro cinquante-sept. C'est marqué sur le plan. Tu ne disposeras que d'une minute, Les Doigts.

— Il m'faudra moins qu'ça. J'ouvrais des serrures comm'ça quand j'étais encore au biberon.

— Néanmoins, au bout d'une minute, nous décidons de ne pas entrer au pub, mais de nous diriger vers Gas Lane. Au numéro cinquante-sept, on entre et on referme la porte. C'est sans doute le moment le plus dangereux de l'opération. Si on voit quelqu'un se balader ou regarder par la fenêtre, on va attendre au coin de la rue. On recommencera un quart d'heure après.

« À l'intérieur, on sera en sécurité pour un petit moment. Personne ne vit dans les locaux qui donnent par-derrière. On traverse les jardins – ils sont bourrés d'orties et de mauvaises herbes, alors attention – et on saute le mur derrière la banque.

— Comment tu sais qu'il y a des orties et des mauvaises herbes ?

— J'ai regardé par la fenêtre des toilettes dans le salon de thé deux maisons plus loin, répondit Tante Bridget. Pour pénétrer dans la banque, il faut passer par une fenêtre du premier étage, qui sera probablement équipée d'un système d'alarme.

— Pas d'problème, assura Les Doigts.

— Excellent ! Mais il faut que tu nous précèdes. La gouttière la plus proche se trouve à dix mètres. Voilà où tu interviens, Dot. Impossible de transporter une échelle, ce serait trop visible. Alors, tu vas te servir de ton truc d'escalade en nylon, celui que tu as utilisé dans les Rocheuses et l'Himalaya.

— Celui de la bijouterie à Noël dernier ? »

Harry faillit s'étrangler, mais ne quitta pas son poste.

« Ah ! Les Doigts ! reprit Tante Bridget. N'oublie pas de prendre la mèche et le T.N.T., surtout. À moins que tu n'aies choisi la nitroglycérine, cette fois ?

— Du plastic, répondit Les Doigts. La nitro, c'est fini – pas après l'opération dans l'entrepôt de clopes. Le coffre, y s'est ouvert, mais tout le bâtiment s'est effondré ! On a manqué crever étouffés sous les clopes...

— Du plastic, très bien. Mais fais attention, mon vieux. On adore tes bonnes grosses explosions, mais tu nous donnes du souci. Si tu perds encore un ou deux doigts, non seulement tu pourras plus ouvrir les pots de confiture, mais fini les coffres-forts !

— T'fais pas de bile. J'suis un bon ! »

Harry était tellement passionné par la scène qui se déroulait dans le salon qu'il ne remarqua pas la silhouette qui venait d'apparaître sur le palier. En revanche, celle-ci l'aperçut, l'oreille collée à la porte. Après l'avoir observé pendant une minute, elle s'approcha de lui par-derrière.

« Au départ, je pensais que nous pourrions passer par la boutique d'à côté, commenta Tante Bridget, mais les murs sont trop épais. On est obligés d'entrer par la fenêtre. Donc, l'étape suivante, c'est d'amener Les Doigts là-haut avec son matériel. La gouttière vient d'être refaite, elle a l'air solide, elle supportera son poids. Dot, tu escalades...

— Salut, Harry mon pote ! »

En sentant une main s'abattre sur son épaule, Harry sauta en l'air, comme électrocuté.

C'était Toc-Toc. Harry se figea, puis voulut jouer

les filles de l'air. La grande main de Toc-Toc l'attrapa par le col de son tricot.

« Oh non, mon p'tit bonhomme. Tu restes avec moi. »

En se tortillant comme une anguille, il se débarrassa de son pull, mais Toc-Toc le rattrapa par le fond de son pantalon.

« Lâchez-moi ! » hurla Harry en le frappant à coups de poing.

Au beau milieu de cette bagarre, la porte du salon s'ouvrit à la volée et la lumière inonda le vestibule.

« Mais qu'est-ce qui se passe ici ? » demanda Tante Bridget.

En dépit des coups de pied de Harry, Toc-Toc l'amena au milieu de la pièce et le lâcha sans ménagement sur le tapis.

« Un vrai cogneur, ce gamin ! » dit-il.

Le visage balafré et vêtu uniquement d'un jean mouillé et troué, Harry regarda fixement le cercle de vieilles crapules qui le contemplaient avec ébahissement.

8

Souper de minuit

Enveloppé dans une couverture et fleurant bon le désinfectant, Harry s'assit sur le grand canapé. Il avait une tasse de chocolat fumant à la main et une assiette de gâteaux à côté de lui. On était allé chercher Fouillis dans la tour et il ronflait près de la porte-fenêtre. Tous les vêtements de Harry, y compris ses chaussettes et ses baskets, séchaient dans la cuisine.

« Évidemment, il aurait bien fallu que tu l'apprennes, disait Tante Bridget, mais je n'imaginais pas que ça irait aussi vite. Après tout, tu n'es ici que depuis douze heures.

— Mais tu n'as pas eu peur, mon chéri ?

demanda Tatie Florrie, toute pimpante en mousseline rose. L'idée d'un terrible fantôme errant dans la propriété ? Ça ne t'a pas donné envie de fermer la porte à double tour ?

— Pas vraiment, répondit Harry.

— Oh, moi, ça m'aurait fait peur quand j'étais petite.

— Moi aussi, renchérit Les Doigts. J'ai vu un film, une fois, *La Nuit des morts-vivants,* et après, pendant six mois, j'refusais de sortir la nuit.

— Mais vous ne comprenez rien ! s'exclama Tante Bridget, exaspérée. Harry n'est pas comme nous étions. C'est un garçon moderne, il pose des questions, il regarde la télé, il s'intéresse aux ordinateurs ! Vous vous attendiez à quoi ? Qu'il se cache sous les draps ? Évidemment non ! Il a voulu savoir de quoi il retournait. Je vous l'avais bien dit ! Mais vous n'avez pas voulu m'écouter ! Et pendant qu'il dînait tranquillement, vous êtes tous allés aider Angel à monter ce truc dans les arbres ! »

Harry se tourna vers l'homme qui s'appelait Angel. C'était un petit gros avec des cheveux et une barbe en désordre. Des lunettes à verre épais grossissaient démesurément son regard. Il avait les mains maculées de peinture et les ongles noirs. Il était vêtu d'un costume de tweed trop grand avec une cravate orange, de travers. Surprenant le regard de Harry, il sourit, révélant des dents cassées.

« Tu ne connais pas encore Angel, reprit Tante Bridget en souriant avec fierté. Notre petite communauté compte de nombreux talents exceptionnels, mais on peut dire qu'Angel est un vrai génie. Je te présente Angus McGregor de l'île de Skye.

— Mais on l'appelle Mike McAngel, déclara Dot.

— Ou Vincent McGogh.

— Ce sont nos petites plaisanteries, expliqua Tante Bridget. C'est un artiste.

— Alors, ce fantôme ? s'exclama Angel d'une voix haut perchée. Qu'est-ce que t'en dis ?

— Il est bien, répondit Harry. Ça fiche vraiment la trouille !

— Dans l'escalier, il y a des tableaux d'Angel, dit tranquillement Tante Bridget. Et sur les murs ici aussi. »

Harry regarda les superbes peintures à l'huile. L'une représentait un bouquet de tournesols et l'autre un petit pont sur un étang couvert de nénuphars. Il eut le sentiment de les avoir déjà vues quelque part.

« Magnifiques, non ? s'enquit Tante Bridget.

— Et on me demande de peindre des monstres qui s'illuminent dans le noir ! protesta Angel d'une voix fâchée. Non mais, j'ai une réputation à défendre, moi ! »

Il avisa alors l'assiette de gâteaux de Harry et ses yeux se mirent à briller.

« Je pourrais avoir une gaufrette au citron ? »

Harry lui passa l'assiette et les ongles noirs ratissèrent tous les biscuits d'un seul coup. Harry n'en revenait pas.

« Angel, tu exagères ! dit Tante Bridget en riant. Ne t'inquiète pas, Harry, on va t'en chercher d'autres.

— J'y vais ! » s'exclama Dot avec entrain.

Fourrant sa jupe dans sa culotte, elle effectua deux sauts périlleux puis, marchant sur les mains, s'empara de l'assiette et ouvrit la porte du vestibule.

« Quelle énergie ! déclara Tante Bridget. Quand tu auras fini ta petite collation, Harry, au lit ! En tout cas, ajouta-t-elle en souriant d'un air satisfait, on a appris beaucoup de choses sur ton compte, Harry Barton. Tu as du cran et tu es malin. Faire semblant de dormir quand je suis montée te voir ! Tu avais tout prévu, hein ? »

Harry hocha la tête.

« En attendant Dot, proposa Tatie Florrie, on pourrait lui parler un peu de notre bande, non ?

— D'accord, par qui commençons-nous ? demanda Tante Bridget. Angel – tu sais déjà quelque chose sur lui. C'est un peintre. De quoi crois-tu qu'il vit ?

— C'est un escroc ! s'exclama Harry carrément.

— Oh mon petit Harry ! s'émerveilla Tante Bridget en l'embrassant sur le sommet du crâne.

Quel plaisir de t'avoir ici ! Bien sûr que c'est un escroc – et un vrai aspirateur à gâteaux – mais quel genre ?

— Un faussaire ? risqua Harry d'un ton hésitant.

— Bravo ! répondit Tante Bridget en montrant les tournesols et les nénuphars. Je t'ai vu regarder notre Van Gogh et notre Monet. Et là-bas, c'est un Constable, et là, un Cézanne. Et dans le vestibule, tu trouveras un Rembrandt, un Turner et un Picasso. Tous magnifiques, tous de la main d'Angel et absolument identiques à l'original.

— Mais, et les experts ? Ils ne savent pas reconnaître les faux ?

— Bien vu, fiston, reprit Angel. Mais moi, je suis meilleur expert que les experts. Je me sers de vieux pigments et de vieux vernis et je fais cuire tout ça dans un four construit exprès par Toc-Toc. Tout le monde n'y voit que du feu.

— Tu trouveras ses œuvres dans le monde entier, expliqua Tante Bridget. Mais personne ne sait qu'elles sont d'Angel, plutôt de Toulouse-Lautrec ou de David Hockney... »

La porte du salon s'ouvrit à ce moment-là et un énorme plateau, chargé de chocolat chaud, de thé et de gâteaux, apparut. La minuscule Dot vacillait sous ce poids. Tout le monde se servit en poussant des cris de joie.

« Bon, continua Tatie Florrie, à qui le tour ? À Dot ?

— Oh, il a entendu parler de moi, Florrie. Nous avons déjà fait de l'escalade ensemble, n'est-ce pas ?

— Oui, mais sait-il que tu es la meilleure monte-en-l'air d'Europe ?

— Et des États-Unis ! On l'a dit à mon procès, après cette opération en haut de la statue de la Liberté. Je t'ai montré les coupures de journaux.

— Absolument, Dot, désolée. À toi, Les Doigts.

— Il sait déjà qu'j'suis un as de la serrure. A dû m'entendre s'il écoutait à la porte.

— C'est-à-dire quelqu'un qui force les coffres-forts ? demanda Harry.

— Ouais, les coffres-forts, les banques, les postes, les casinos, tout ça. Dès qu'y a une serrure, elle est pour moi !

— Et comme Dot et Angel, comme tout le monde ici, il est champion dans sa catégorie, intervint Tante Bridget.

— Des années d'entraînement, dit Les Doigts. Tout dans les mains, des bons outils, et des explosifs.

— Pas trop mettre, plus prudent ! fit remarquer La Barak.

— D'accord ! J'ai eu un ou deux petits accidents !

— Un ou deux ? répéta La Barak en riant. Non, quand il ouvre coffre, on croit Troisième Guerre mondiale vient d'éclater !

— Cause toujours, répliqua Les Doigts, mais qui s'est déguisé comme un jour d'Halloween pour le boulot à la Banque d'Angleterre ? Qui c'est qu'a piqué la paie des flics dans la chambre forte de Scotland Yard ? Qui c'est qu'a fait sortir ses potes de cabane quand le juge Priestly leur avait collé dix ans ? C'est moi, Les Doigts Peterman ! La Barak va t'apprendre à te battre, ajouta-t-il en se tournant vers Harry, eh bien moi, je vais t'apprendre à tripoter les serrures ! »

Un cambrioleur allait lui apprendre à forcer les serrures ! Harry n'en revenait pas.

« Tout va bien, mon chéri. Il n'y a pas de mal à ça, déclara Tatie Florrie. Tu n'es pas obligé d'aller cambrioler chez les gens.

— Et toi, Tatie Florrie, tu fais quoi ? demanda-t-il.

— J'aurais pensé que tu aurais trouvé tout seul, mon chéri.

— Tu conduis la voiture ?

— Évidemment, répondit-elle gaiement. On a fait un petit tour ce matin.

— Tu n'as jamais entendu parler de Florrie Fox ?

demanda Max, d'une voix distinguée. La première femme à remporter une course de Formule 1 à Brands Hatch.

— La seule femme, mon cher, rectifia tranquillement Tatie Florrie. Ainsi qu'à Monaco et au Mans, ajouta-t-elle en tapotant sa cigarette sur son étui rouge et or.

— Ensuite, elle s'est attaquée aux motos et elle a gagné la course de l'île de Man.

— Je préfère les motos. À deux cent quarante, c'est quelque chose. N'empêche, reprit Tatie Florrie enveloppée dans un nuage de fumée bleue, le médecin m'a recommandé d'arrêter. Je ne sais pas pourquoi, mais maintenant, je me limite aux voitures. Toutefois j'ai encore une vieille Norton Commando dans un hangar. Belle machine ! Autre chose que ces Harley et ces Honda ! La classe ! Tu demanderas à Toc-Toc de te la montrer.

— Elle est graissée et prête à démarrer, dit Toc-Toc.

— Vraiment ? Après tout ce temps ? Toc-Toc, tu es un amour ! répondit-elle en lui envoyant un baiser. Je pourrais peut-être emmener Harry faire un tour un de ces jours. On verra.

— Et maintenant, venons-en à Max, poursuivit Tante Bridget. L'homme aux mille visages. »

Max était beau, grand et mince, avec une silhouette parfaite. Ses cheveux lisses, noirs comme une aile de corbeau, étaient peignés en arrière. Son sourire découvrait des dents éblouissantes, dont une en or. Une fine moustache ornait sa lèvre supérieure. Il était vêtu d'un costume bleu à rayures immaculé, et un mouchoir rouge dépassait de sa poche de poitrine. Il portait une grosse montre dorée au poignet et des bagues en or aux doigts.

« Un acteur accompli, continua Tante Bridget. Aujourd'hui, tu le vois tel qu'il est – ou du moins tel qu'il aime être. Demain – un évêque ? un pilote de ligne ? un P.D.G. ? un vieux prof ?

— Si ma mémoire est bonne, Miss Barton, s'enquit Max en changeant si radicalement de voix et d'expression que Harry en fut saisi, la prochaine fois, vous avez besoin d'un policier, n'est-ce pas ?

— Pour Heathrow, oui. Mais nous en discuterons plus tard, répliqua Tante Bridget.

— Il aurait pu faire fortune sur scène, enchaîna Angel. Quand j'étais étudiant aux Beaux-Arts, il jouait à l'Old Vic. Il était formidable – Hamlet et Othello. C'était avec Sir Laurence Olivier, n'est-ce pas, Max ?

— Oui, approuva Max en brossant une poussière imaginaire sur son pantalon. Un soir, je jouais Hamlet et Larry, Iago et le lendemain, on échangeait les rôles.

— L'acteur le plus prometteur de sa génération, disait-on, continua Angel. Quel gâchis, Max !

— J'en avais assez du théâtre. J'ai eu envie d'exercer mes talents dans le monde réel.

— Si écouter toi, tout merveilleux, interrompit La Barak de sa voix rauque. Pour dire vérité, mon pote, t'as fait taule !

— T'as raison, ma cocotte, répondit Max en imitant sa voix à la perfection. J'ai fait taule, ma grosse ! »

La Barak se mit à rire.

« Et toi-même, reprit Max de sa propre voix, mon gros ours de Sibérie ? Si moi j'ai fait de la taule, toi tu as été une lutteuse, et maintenant...

— Pas une lutteuse, LA lutteuse, répliqua La Barak d'un air suffisant. Célèbre dans monde entier.

— J'en suis bien sûr, ma Bête Humaine, mon Étrangleuse, mon Casse-Noisettes chéri. Tu vois, je connais tous tes surnoms. Mais notre jeune ami connaît-il tes bonnes relations avec la Mafia ? »

La Barak se dressa de toute sa hauteur, dominant l'élégant Max.

« Tout ça, c'est histoire ancienne. Depuis longtemps, embrouilles finies. Moi, faire mal personne. Demande gamin, on s'est amusés tout à l'heure. »

Toutes les têtes se tournèrent vers Harry. Celui-ci, un gâteau encore à la main, dormait profondément.

9

Norton et Saphir

Elle était somptueuse ! Bleu nuit et chromes ! Une Norton Commando 750 ! Cramponné au blouson de cuir de sa tante, Harry portait des lunettes et un casque noir. Le vent lui fouettait le visage tandis que la puissante machine rugissait sous lui.

« Penche-toi ! » cria Tatie Florrie.

La grosse moto prit le virage. Tatie Florrie se redressa et changea de vitesse.

RRRRRRAAAAHHHH !

Le moteur rugit et ils accélérèrent.

« Là-bas ! » s'égosilla sa tante.

Harry regarda ce qu'elle lui montrait. Une grande

maison blanche se dressait sur la colline, au milieu d'un parc.

« Félon Grange ! lança-t-elle. La propriété du colonel Priestly ! »

Harry vit la longue avenue de hêtres, les somptueuses colonnes, les prés où paissaient des bêtes à cornes.

« C'est grand ! hurla-t-il.

— Payé uniquement avec de l'argent pourri ! »

Une série de virages en S s'amorçait devant eux.

« Tu es prêt ? » avertit sa tante.

Droite, gauche, droite, gauche, ils ne faisaient qu'un avec la machine.

« Génial ! » s'exclama Harry, dont les yeux brillaient derrière les lunettes.

Au bout d'une heure de promenade, ils revinrent à La Thôle. Florrie fit voler les graviers en un ultime coup de frein. Après un dernier vroum vroum, elle coupa le moteur, descendit et monta la moto sur sa béquille.

« Alors, ça t'a plu, mon chéri ? dit-elle gaiement en enlevant son casque.

— On peut recommencer cet après-midi ? questionna-t-il en se débattant avec la lanière du sien.

— Pourquoi pas ? répondit Florrie. On pourrait demander à Goody de nous préparer un pique-nique qu'on irait manger en haut des falaises. Ça nous ferait respirer le bon air. En attendant, je vais te faire goûter une de mes spécialités : framboises, glace vanille, triple gaufrette, coulis au caramel et amandes grillées. Ça te tente ?

— Miam ! Avec plaisir ! »

Harry ôta son blouson et s'assit devant la table, sous le vieux châtaignier. Fouillis le rejoignit, la langue pendante à cause de la chaleur. Dix minutes plus tard, Tatie Florrie sortit par la porte-fenêtre, portant deux coupes pleines à ras bord.

« Super ! s'écria Harry en croquant une amande.

— C'est ma préférée, assura Tatie Florrie. Avec un doigt de Cointreau. J'ai bien peur que toi, tu n'y aies pas droit. Goody est très à cheval sur les principes. Elle est bien la Norton, hein ? interrogea-t-elle en contemplant la moto avec satisfaction.

— Tatie Florrie, à propos de la conversation d'hier soir, demanda Harry. Est-ce que tous ceux qui habitent ici sont des escrocs ? Toi, Les Doigts, Dot, La Barak, Angel...

— Tu n'as pas encore vu Mister Tolly, mon chéri. Il n'est pas avec nous en ce moment. Il se repose un peu. »

Harry comprit tout de suite.

« Cela signifie qu'il est en... ?

— Oui, mon chéri. Dix-huit mois. C'est un prestidigitateur. Tu sais, il fait des tours de cartes, avec lui, les chevaux disparaissent, les femmes flottent dans l'air, les bretelles des spectateurs s'envolent... Quand on réussit ça, c'est facile de piquer des portefeuilles dans la rue. Il s'est tellement bien conduit, pendant des années, soupira-t-elle. Et puis, une fois, une seule fois, il s'est laissé aller – juste pour voir – et il s'est fait prendre. Pas de chance, c'était le portefeuille d'un membre de la famille royale. Il voit ce gars chic qui s'avance vers lui et il se dit : “Sapé comme tu es, mon gars, tu dois avoir un peu d'oseille.” Alors il fait son boulot, et paf, il se retrouve avec trente-cinq millions de policiers autour de lui et le portefeuille du prince Machin dans sa poche. Situation délicate. Et le pire, c'est que ces gens-là, ils n'ont jamais un sou en poche ! Enfin, il sortira dans trois mois, dans trois mois et quatre jours, exactement. Tu feras sa connaissance à ce moment-là. On sera bien contents de le récupérer, celui-là !

— Ils ont tous des drôles de noms, releva Harry. Tolly, c'est son vrai nom ?

— Non, c'est son nom de scène, le diminutif d'Autolycus – celui qui fait disparaître les choses. C'est un nom très ancien, dans la mythologie.

— Et Max ? S'il ne cesse de changer de voix et d'apparence, est-ce qu'il change aussi de nom ?

— Oh oui ! Il en a une douzaine, un pour chaque arnaque. Sur scène, il est Rosco Burbage, d'après deux acteurs de jadis. En ce moment, il s'appelle Maxim Beauguss, et parfois Maximilien Doppelganger. Très snob. Son vrai nom, tu ne vas pas le croire, c'est Fred Smith.

— Et Toc-Toc ?

— Toc-Toc n'est pas exactement des nôtres. Il vient de Newcastle. Slack, c'est un nom de là-bas, je crois. Il s'occupe du jardin et des voitures, je ne sais pas ce que nous ferions sans lui.

— Et Mrs Good ?

— Goody ? C'est la plus gentille personne du monde, répondit Tatie Florrie. Et en plus, c'est son vrai nom. Si elle n'était pas là pour s'occuper de nous, nous serions tous morts.

— C'est pas comme Lolo Gestapo, releva Harry. Elle était payée des millions pour s'occuper de moi et elle était horrible.

— Mon pauvre chéri ! répondit-elle en l'embrassant sur les cheveux. Bon, ajouta-t-elle en regardant sa montre, il reste une heure avant le déjeuner. Je vais m'étendre et lire le journal. À tout à l'heure. »

Ce jour-là, ils ne repartirent pas en moto, car de gros nuages noirs se rassemblèrent au-dessus des bois et il se mit à pleuvoir.

Dans l'après-midi, Harry se dirigea vers la cuisine.

« Bonjour, mon cœur, dit Mrs Good qui était en train de faire de la pâtisserie. Sers-toi un verre de jus de fruits. Dommage qu'il pleuve, alors que tu viens juste d'arriver. Que dirais-tu d'un bon petit scone tout chaud ?

— Avec plaisir.

— Tu me donnes un coup de main ?

— Je ne sais pas comment faire, répondit-il, mal à l'aise. Lolo Gestapo ne me laissait jamais entrer dans la cuisine, sauf pour nettoyer la vaisselle.

— Quelle sale bonne femme ! Ici, tu seras toujours le bienvenu ! Bon, montre-moi tes mains. »

Harry les étendit devant lui.

« Beurk ! Va les laver et frotte-toi bien les ongles. »

Harry obéit.

« J'ai une idée, dit Mrs Good. C'est toi qui vas t'occuper des scones. Et moi, je vais préparer le dîner. Ne t'inquiète pas, je vais te montrer comment t'y prendre. »

Tandis que Mrs Good se lançait dans la confection d'un pâté de viande, Harry s'attaqua aux scones. Après avoir soigneusement pesé les différents ingrédients, il les mélangea avec une cuillère en bois jusqu'à obtenir une pâte fluide. Puis il la roula et la découpa avec un vieux verre à bière. Soigneusement, il posa les scones sur deux plaques beurrées qu'il glissa dans le four. Puis il se mit à feuilleter un vieux livre de cuisine, tandis que Fouillis venait quémander des bouts de viande.

« Regarde s'ils sont prêts, mon cœur », lui conseilla Mrs Good.

Il ouvrit la porte du four.

« Ils ont l'air cuits, dit-il, satisfait de leur aspect.

— Parfait. Sors-les. »

Cinq minutes plus tard, Harry et Mrs Good, perchés sur des tabourets, buvaient une grande tasse de thé et mordaient dans des scones tout chauds et bien beurrés.

« C'est toi qui les as faits et ils sont délicieux ! le félicita Mrs Good.

— Vous saviez qu'hier soir, j'étais dans le salon ?

— Oui, répondit Mrs Good, les yeux brillants.

— Eh bien, on m'a tout raconté sur tout le monde, sauf sur Tante Bridget.

— Parce que tu t'es endormi. Eh bien, ta tante Bridget est le cerveau de tout cela. Elle a une tête comme un ordinateur. Elle prévoit tous les coups dans les moindres détails. Elle n'oublie jamais rien. Avant, elle était professeur à l'université d'Oxford. Maintenant, elle est championne nationale de bridge. Elle est tellement intelligente. Y'a qu'à la voir pour le savoir.

— Mais si elle était professeur, comment a-t-elle bien pu rencontrer les autres ? Dot est une monte-en-l'air, Les Doigts un spécialiste des coffres-forts, Max a fait de la prison. C'est par l'intermédiaire de Tatie Florrie ?

— Non, mon cœur. Tu prends les choses à l'envers. C'est ta tante Bridget la vilaine. Elle a voulu se mesurer avec la police. Elle a créé sa petite bande à Oxford, que des femmes. Saphir, c'était leur nom. C'était pratique d'avoir une sœur championne d'Europe de courses automobiles. Elles en avaient, du culot ! Les journaux ne parlaient que d'elles, et jamais la moindre hostilité ! Mais à la fin, elles se sont fait pincer, évidemment ! Et tout le monde s'est retrouvé en prison à Londres.

— J'aime bien leur nom, dit Harry. Saphir.

— Elles étaient sept, toutes venues d'horizons différents. L'une était infirmière, l'autre balayeuse dans une usine, il y avait une institutrice, et une femme de vicaire... je ne me souviens pas des autres. Mais, par hasard, elles avaient toutes quelque chose en commun – en plus d'être charmantes et pleines de culot. Elles avaient toutes les yeux bleus, comme toi. Voilà pourquoi elles s'appelaient Saphir, les Sept Saphirs.

— Alors Tante Bridget et Tatie Florrie sont allées toutes les deux en prison ? interrogea Harry en louchant sur le plateau de scones.

— Sers-toi, dit Mrs Good, mais garde de la place pour le dîner. Tu les as bien traitées d'escrocs hier soir ? demanda-t-elle en riant. Eh bien, c'est vrai. Elles se sont mal conduites et elles ont payé.

— Ça a dû être atroce.

— Tes tantes ne sont pas des personnes ordinaires. Tu as déjà dû t'en apercevoir. En prison, ta tante Florrie a organisé des cours de conduite et de mécanique pour que les filles puissent trouver des postes de chauffeurs de taxis et de camions en sortant. Et ta tante Bridget a créé une école. La plupart de ces pauvres petites n'avaient jamais eu l'occasion de s'instruire. Elles ont été reçues à tous leurs examens et, en sortant de prison, elles sont devenues secrétaires ou employées de bureau. Le directeur de la prison a affirmé qu'on aurait dû les décorer toutes les deux, pour tout le travail qu'elles avaient accompli. »

Harry fut impressionné.

« Elles sont restées combien de temps en prison ?

— Le juge leur avait donné quinze ans. Quinze ans ! Tu te rends compte ! Et aucune remise de peine ! Il y a eu des protestations nationales. La cour d'appel a ramené la sentence à huit ans. Donc, grâce à leur bonne conduite, elles sont sorties au bout de cinq ans.

— Quelle différence – quinze ans et cinq ans ! s'exclama Harry. Quand vous dites le juge, vous voulez dire... ?

— Tu es rapide à la détente, toi ! Tu as deviné, le colonel Priestly, répondit Mrs Good en faisant la grimace. Quelle peste, cet homme-là ! Tout ce que j'ai pu entendre sur lui ! Ah ! Il ne vaut pas cher !

— Tout le monde paraît le détester, fit remarquer Harry. Qu'a-t-il fait d'autre ?

— Demande plutôt à tes tantes ! Où en étais-je ? Ah, oui. C'est pendant leur séjour en prison que ta tante Bridget a eu l'idée de cet endroit.

— La Thôle ?

— C'est ça, La Thôle. Tu sais ce que c'est ?

— Oui. La prison, la cabane...

— Voilà pourquoi cette maison s'appelle comme ça. En souvenir du bon vieux temps...

— Comment ça s'appelait ici, avant ?

— La maison ? Si tu regardes les vieilles cartes, tu verras que c'était L'Ermitage. C'est ce qui a plu à ta tante Bridget. Un bon refuge pour vivre en sécurité quand elles sortiraient.

— Avec les femmes de Saphir ?

— Celles-là et d'autres. Les Doigts et Angel ne sont pas très féminins, non ?

— L'idée, c'était de faire une maison de retraite pour prisonniers ? demanda Harry en souriant.

— Pas exactement, mon cœur. Et qui a parlé de retraite ? Tu les as entendus hier soir ? Non, tous ceux que la Grande Idée intéressait avaient un peu d'argent planqué et ils se sont rassemblés pour acheter ce manoir. Il était en très mauvais état. On ne le croirait pas, à le voir aujourd'hui : les papiers peints étaient décollés, les fenêtres condamnées, les cheminées bouchées, du lierre partout et des arbres poussaient juste devant la porte. Il y avait du travail ! »

Harry contempla la confortable cuisine et pensa au magnifique salon.

« Mais c'était quoi, la grande idée de Tante Bridget ? interrogea-t-il.

— Je vais te le dire. »

Harry sursauta en entendant une voix venue de la porte.

10

Les joyeux hors-la-loi

Tante Bridget se tenait sur le seuil.

« Miam ! Des scones ! s'exclama l'ex-professeur d'Oxford, chef de Saphir et gibier de prison en se léchant les babines. Je peux en avoir un, Goody ? »

Sans attendre la réponse, elle s'assit, en beurra un et mordit dedans.

« Délicieux !

— Ça paraît être de famille, commenta Mrs Good en poussant le plat vers Harry. Vas-y ! Sers-toi mais n'oublie pas d'avoir encore faim pour le dîner !

— Eh bien, jeune homme, il semble que tu t'approches à grands pas de notre petit secret, dit

Tante Bridget en souriant. Tu ne perds pas de temps, mais ça me plaît ! Cependant, avant que je te révèle ce qui se passe à La Thôle, je veux que tu comprennes qu'il s'agit d'un secret. Aucun vampire, aucun tortionnaire chinois ne doit te l'arracher... Aucun ami, non plus, et ça c'est plus difficile ! Un mot quand il ne faut pas et tout est fini ! *Kaput ! Finito ! Ausgespielt !* La fin de La Thôle ! Tu te sens capable de garder un secret pareil ?

— Je crois, répondit Harry.

— Croire n'est pas suffisant.

— J'en suis sûr. J'ai de l'entraînement, avec Lolo Gestapo.

— Bien sûr ! J'aurais dû y penser. Enfreindre les règles, pour toi, ce devait être la seule façon de survivre, affirma Tante Bridget en mordant encore dans son scone. Vraiment délicieux, Goody !

— Je vais vous confier quelque chose. C'est Harry qui les a faits.

— Incroyable ! Décidément, mon neveu est une mine de talents : il grimpe aux arbres, il nage et n'a pas peur des fantômes ! Au fait, nous avons reçu une lettre de cette dame ce matin.

— Lolo Gestapo ?

— Oui.

— Qu'est-ce qu'elle disait ?

— Plus ou moins ce que tu nous avais laissé prévoir. Comment elle a pris soin de toi pendant toutes ces années ; comment elle a renoncé à sa carrière ; quel enfant difficile tu as été ; toutes les promesses faites par ton père, selon elle ; comment leur mort brutale l'a bouleversée. Et que va-t-elle faire à présent, alors que les maisons sont si chères. Bref, elle veut de l'argent.

— Combien ?

— Elle ne mentionne aucun chiffre précis, mais à lire entre les lignes, entre dix et quinze mille, peut-être vingt ?

— Vingt mille livres ? cria Harry. Mais vous n'allez rien lui donner ?

— Bien sûr que non ! Qu'est-ce que tu crois ? répliqua Tante Bridget en souriant. Je lui ai déjà répondu.

— En disant quoi ?

— Je te le laisse deviner. Mais je parie qu'on n'entendra plus jamais parler de Miss Lavinia McMaton.

— Je n'en suis pas si sûr. Vous ne la connaissez pas.

— On verra bien. Inutile de t'inquiéter, tu vis ici avec nous, à présent. Et on est tous de ton côté, pas vrai, Goody ?

— Et comment ! approuva vigoureusement Mrs Good.

— Bon, c'est réglé. De quoi parlions-nous ? Ah oui. Goody t'a raconté Saphir ?

— Oui.

— C'était le bon temps. Nous avions alors quelques règles simples. Numéro un : l'audace et l'aventure. Numéro deux : ne jamais s'attaquer à une gentille personne. Numéro trois : ne rien voler à celui qui n'en avait pas les moyens. En prison, j'ai eu tout le temps de réfléchir. Et j'en suis arrivée à penser que, dans notre pays, il y a des gens – et des institutions – qui ont plus d'argent qu'il ne leur en faut. Et partout, chez nous et dans le monde entier, il y a des pauvres – des familles, des enfants, des retraités, des assistés, des clochards – qui ont désespérément besoin d'argent. Certains meurent de faim, sont malades, n'ont pas de toit – et tout ça parce qu'il leur manque quelques livres. Ça paraît injuste ! Il y a quelque chose à faire.

« Alors une nuit, j'ai eu une illumination. D'un seul coup, j'ai réalisé que les gens comme nous, les criminels en prison, nous avions les compétences requises pour faire quelque chose. Au lieu de voler pour notre compte, il fallait voler pour aider les autres ! Prendre l'argent des riches pour le donner aux pauvres !

« Ça m'a tellement bouleversée que j'ai bondi de mon lit. Il était trois heures du matin. Au-delà des barreaux de ma cellule, je voyais les toits de Londres endormi. Je ne l'oublierai jamais.

« Écoute : pour bâtir une maison, de quoi as-tu

besoin ? D'ouvriers – des maçons, des plombiers, des charpentiers, etc. Ils forment une équipe. C'est la même chose pour n'importe quoi d'autre : gérer une école, réaliser un film, gagner une guerre. Il faut une équipe. Et si on veut prendre de l'argent à beaucoup de monde, c'est pareil – une équipe ! Une équipe de spécialistes !

« Et là, en prison, on disposait de tous les spécialistes nécessaires – toutes les compétences criminelles requises. Mais pour mon projet, il me fallait les meilleurs. Et les meilleurs étaient peut-être des hommes. Donc, ils ne se trouvaient pas à Holloway, qui est une prison pour femmes. D'ailleurs, ils n'étaient peut-être pas en prison du tout.

« J'ai commencé à me renseigner et petit à petit, les personnes que je recherchais sont apparues comme par miracle. Des gens à qui la Grande Idée plaisait bien. Des gens fiers de leur travail. Des gens qui souhaitaient faire quelque chose pour les autres, quelque chose de bon et généreux. Je recherchais plutôt des personnes d'un certain âge. Florrie et moi n'étions plus toutes jeunes et j'avais décidé de me servir d'une maison de retraite comme couverture.

« Je fis donc la liste des compétences nécessaires.

« Un, il nous fallait un planificateur, quelqu'un pour diriger toute l'opération ; en l'occurrence, moi.

« Un chauffeur. Florrie était la meilleure.

« Un perceur de coffres-forts, pour venir à bout des serrures : Les Doigts Peterman.

« Un monte-en-l'air : Dottie Lalouette.

« Un arnaqueur, un acteur capable de jouer des rôles : Maxim Beauguss.

« Un faussaire, pour les documents et les signatures : Angus McGregor est le plus habile.

« Un pickpocket, pour ramasser les informations et se procurer différents objets : le cher Autolycus.

« Et enfin, au cas où la situation se gâterait, du muscle : La Barak.

« Voilà notre équipe. Huit spécialistes, tous dévoués à leur art. Une petite communauté d'amis, bien décidés à rendre le monde meilleur. Un groupe de gibiers de prison qui aiment s'amuser. »

Tante Bridget se tut un instant en léchant une miette sur son doigt.

« Je ne nie pas, reprit-elle, que certains d'entre nous se laissent un peu aller de temps en temps, comme le pauvre Mister Tolly. Nous ne sommes que des humains.

— En dehors du colonel Priestly, quelqu'un sait-il que vous êtes ici ? La Thôle est tellement bien cachée.

— Une ou deux personnes – le facteur, les livreurs –, mais pour tout le monde, c'est une maison de retraite. Ils voient notre vieille voiture, ils nous apportent nos pensions. Mais personne, absolument personne ne sait qui nous sommes et ce que nous faisons. Personne ne connaît notre secret.

— Je promets de ne jamais briser le secret, dit Harry. Promis, juré, craché. »

Tante Bridget lui tapota affectueusement la tête et remarqua :

« Il a cessé de pleuvoir.

— Tante Bridget, à Oxford, votre groupe avait un nom.

— Oui. Les Aventurières du Saphir.

— Et ici, vous n'en avez pas ?

— Non. On n'y a jamais réfléchi.

— C'est un peu comme Robin des Bois, non ? Voler les riches pour donner aux pauvres.

— Absolument, répondit Tante Bridget enchantée. Mais dans la forêt de Sherwood, ils étaient tous jeunes. Nous, on pourrait être leurs grands-parents.

— Pas vraiment, rétorqua poliment Harry.

— Mais si, insista Bridget en se regardant dans le miroir au-dessus de l'évier. Un tas de vieux fossiles. On devrait être au musée. On est des croulants, non ?

— Mais la bande de Robin, insista Harry, c'était comme ici. Une bande de frères. Ils vivaient au milieu des arbres, ils étaient heureux et ils connaissaient l'aventure...

— Absolument, confirma sa tante. Et le shérif

cherchait à les pincer, mais ne parlons pas de cela. Alors, as-tu des suggestions de noms ?

— Vous pourriez vous appeler... les Nouveaux Robin des Bois.

— Pas très original.

— La bande des Huit du Bois.

— Mieux. Mais j'aimerais mieux un nom qui nous ressemble plus. Les Vieilles Pommes de La Thôle. »

Harry pouffa de rire.

« Mais on ne peut pas dire de La Thôle, remarqua-t-il.

— Alors simplement Les Vieilles Pommes ?

— Ça me plaît.

— C'est marrant, reconnut Tante Bridget. On va demander à Angel de nous dessiner un logo. On le laissera à chaque opération.

— Toi et ta sacrée imagination ! fit remarquer Mrs Good, d'un ton réprobateur.

— Ça ne convient pas, dit Harry.

— Pourquoi ?

— À cause de moi ?

— De toi ?

— Je ne suis pas vieux.

— Toi ? Mais, mon cher Harry, tu ne crois pas que tu vas nous accompagner dans nos petites escapades ? »

Harry hocha la tête.

« Pourquoi pas ?

— Pourquoi ? Parce que tu as onze ans. Parce que nous nous soucions de toi. Parce que c'est dangereux.

— Mais tante Bridget, je...

— J'en suis persuadée, Harry, tu es un garçon formidable. Mais il n'y a pas à discuter. Tu ne viendras pas, un point c'est tout.

— Quelle idée ! » conclut Mrs Good.

11

La charrette de fruits

Le beau temps continua. Tous les soirs, en haut de sa tour de pierre, Harry restait couché à lire et à écouter les bruits de la nuit, les épaules brûlées par le soleil. Tous les matins, il se réveillait dans la clarté du soleil et le pépiement des moineaux.

Après le petit déjeuner, il commençait par aller rendre visite à Chalky, avec un panier plein de feuilles de chou, de laitues montées et de croûtons rassis. Chalky, c'était le poney blanc qu'il voyait de sa fenêtre. Il vivait dans un pré non loin de la maison. Chalky n'était pas solitaire, car un gentil âne gris, Socrate, lui tenait compagnie.

Les deux animaux guettaient sa venue et couraient à sa rencontre dès qu'ils avaient repéré son t-shirt rouge au milieu des feuilles.

Parfois, Harry enfourchait Chalky et ils galopaient ensemble autour du pré. Puis Harry sifflait Fouillis pour aller se balader dans les bois ou bien revenir donner un coup de main à Toc-Toc.

Quinze jours après son arrivée à La Thôle, Harry était très différent du jeune garçon que ses tantes avaient accueilli à la gare. Il était tout bronzé et ses cheveux avaient blondi au soleil. Il était si heureux et il avait tant de choses à faire qu'il ne lui restait guère de temps pour penser aux jours gris de Hampstead avec Lolo Gestapo.

Mais un après-midi, tout changea.

« Tante Bridget », commença Harry à l'heure du déjeuner, un jeudi, « j'ai réfléchi. Tu sais qu'on a beaucoup de framboises – d'après Mrs Good, plus que nous ne pouvons en manger.

— Oui.

— Et des laitues et des concombres.

— Je ne sais pas, mais si Goody le dit.

— Si j'en prenais un peu et si je les installais sur la charrette dans la remise ? Toc-Toc est prêt à m'aider pour atteler Chalky et j'irais les vendre sur le bord de la route. Aux voitures qui passent.

— Non, c'est trop exposé, répondit Tante Bridget. Si tu stationnes au bout du chemin, les gens voudront savoir d'où tu viens. Désolée.

— Pas la peine d'êt' just' au bout de l'allée, intervint Les Doigts pour soutenir Harry. Y'a qu'à se mettre deux kilomèt'pus bas, dans l'renfoncement sous les arbres.

— Je ne crois pas que ce soit une bonne idée, répéta Tante Bridget.

— Bon sang, sois pas rabat-joie ! Le gosse en a vraiment envie ! Tant qu'y fait pas un écriteau avec La Thôle écrit d'ssus ! Un peu d'initiative, quoi ! Il va se faire un peu de blé, comme ça !

— Je ne sais pas, répondit Tante Bridget d'un air hésitant. Qu'est-ce que vous en pensez ? »

Ils votèrent en faveur du projet de Harry.

« Très bien, dit sa tante en cédant avec bonne grâce, mais alors fais les choses correctement. Il va falloir que tu nettoies la charrette, que tu ramasses les fruits et que tu les disposes joliment ; il faut aussi que tu brosses Chalky.

— Pas de problème, s'exclama Harry avec enthousiasme.

— Eh bien, vas-y si tu as fini de déjeuner, proposa Tante Bridget en lui ébouriffant les cheveux.

Quand tu seras fin prêt, on fera une photo de Chalky et toi avec la charrette. »

Harry travailla pendant deux jours. Il s'y mit dès sept heures le matin et ne s'arrêta qu'à dix heures le soir, tombant de fatigue.

Le samedi matin, vêtu d'un t-shirt et d'un jean propre, coiffé d'un vieux chapeau de paille, il s'assit dans la charrette et prit les rênes. Chalky était resplendissant de blancheur. Lui aussi portait un chapeau de paille, et des bouquets de fleurs ornaient son harnais bien ciré. Fouillis, à son grand déplaisir, n'avait pas échappé à la toilette.

La charrette était remplie de fraises et de framboises, de cassis, de légumes et de fleurs venant du potager de Toc-Toc. Des sacs en papier étaient posés sous une boîte pleine de petite monnaie.

Tout le monde était venu admirer le spectacle.

« Regarde par ici, mon gars », demanda Angel qui faisait une esquisse.

Dot grimpa sur les rayons de la roue de la grosse charrette pour mieux voir. Harry remarqua qu'elle avait les mains rouges – presque brûlées. Ainsi que son visage, jusqu'à la racine des cheveux. Les Doigts et La Barak, c'était pareil. Peut-être avaient-ils pris un coup de soleil.

« Un petit sourire ! supplia Tatie Florrie, l'œil vissé à son appareil photo.

— Bonne chance, lança Mrs Good. Tu n'as pas oublié ta bouteille et tes sandwiches ?

— Et on t'attend pour le goûter, affirma Tante Bridget qui, elle aussi, était toute rouge.

— Au revoir ! » cria Harry, et Chalky se mit en route.

L'aventure avait commencé.

Un large bas-côté d'herbe séparait l'aire de stationnement de la route. Harry avait décidé de s'installer à l'ombre d'un bouquet de grands hêtres, qui protégeraient ses fruits et ses fleurs de la chaleur du soleil.

Il tira légèrement sur les rênes et le cheval s'arrêta. Harry mit le frein et sauta à terre pour descendre les étais qui maintenaient la charrette d'aplomb.

Il caressa le doux museau de Chalky et lui offrit une poignée de céréales. Puis il fit passer le grand licou par-dessus sa tête et l'attacha à une branche. Chalky se mit aussitôt à brouter les feuilles succulentes.

« Viens ici, Fouillis. »

Harry l'attacha à une des roues de la charrette. Le chien, d'abord mécontent, se calma quand son maître lui donna un bel os à ronger.

Harry prit à l'arrière de la charrette deux grands panneaux qu'il avait peints avec des couleurs vives trouvées dans l'atelier d'Angel. Il alla les poser au bord de la route.

PRODUITS DE LA FERME
FRAISES
FRAMBOISES
CASSIS
LÉGUMES
TOUT FRAIS CUEILLIS

Pendant un quart d'heure, seuls passèrent un tracteur, deux camions et une vache en fuite qui vint se promener sur l'herbe. Harry la chassa avant qu'elle n'écrase son étalage.

Légèrement abattu, il sortit un sandwich pour se remonter le moral. Pourtant, c'était un joli coin de campagne et, durant l'été, il y avait beaucoup de touristes.

Une grosse voiture gris métallisé passa. Elle s'arrêta au bout du parking. Harry la regarda, plein d'espoir. La voiture repartit. Déception. Mais elle s'arrêta de nouveau et fit marche arrière. Cinq personnes en descendirent. Une fille aux longs cheveux s'approcha de Chalky et commença à le caresser. Un jeune garçon s'accroupit pour parler à Fouillis. Les trois autres se groupèrent autour de la charrette.

« Oh ! quelles jolies framboises ! s'exclama une

grosse dame, probablement la mère. Et pas chères ! Et regardez ces pieds-d'alouette ! Quel bleu ! Ça va plaire à grand-mère. Tu es du coin, mon petit bonhomme ?

— Oui, mentit Harry avec aplomb. Mon père a une ferme là-bas, dit-il en montrant la direction opposée à La Thôle.

— Très bien, donne-moi deux paniers de framboises, une livre de groseilles, deux laitues et un bouquet de pieds-d'alouette. Ça fait combien ? »

Harry fit soigneusement l'addition, prit l'argent de la dame et lui rendit la monnaie.

« Merci, mon petit gars, dit-elle en lui tendant une pièce. Tiens, tu t'offriras une glace, parce que tu fais du bon travail. Bonne chance ! »

La famille remonta en voiture et s'en alla. Harry était enchanté.

« Tu te rends compte, confia-t-il à Chalky, en plus j'ai eu un pourboire ! »

Chalky baissa la tête et recommença à manger. Tout comme Fouillis. Harry prit un autre sandwich.

Il lui fallut attendre une heure pour faire sa deuxième vente, mais ensuite, les voitures s'arrêtèrent plus régulièrement.

Plus la charrette s'allégeait, plus sa boîte s'alourdissait. À deux heures et demie, la moitié de son stock de fleurs, de fruits et de légumes avait disparu.

Harry était en train de conduire Chalky à un autre endroit quand il entendit un moteur puissant rugir dans le lointain. Il leva les yeux. Il aperçut un éclair jaune à travers les arbres.

« Oh non ! » souffla-t-il.

L'énorme voiture jaune prit le virage à la corde et fonça vers lui. Harry resta figé, le licou de Chalky à la main.

La Rolls-Royce dépassa son panneau. Le moteur hurla. Le conducteur enfonça la pédale de frein. Les pneus crissèrent, laissant une traînée de caoutchouc sur le bitume. La voiture s'arrêta, capot fumant, puis effectua un brutal demi-tour en écrasant les vitesses. Elle s'arrêta devant la charrette dans un nuage de poussière.

Chalky, effrayé, se mit à tirer sur le licou. Harry tenta de le calmer, puis en hâte, il l'attacha à une branche.

Il y avait deux personnes dans la voiture, mais Harry n'avait d'yeux que pour le conducteur. Il avait le visage rouge et une moustache rousse. Des petits yeux porcins qui vérifièrent rapidement que le parking était vide. L'homme eut un sourire mauvais. La portière jaune s'ouvrit à la volée et le colonel Priestly descendit.

« Je crois que nous nous sommes déjà rencontrés,

dit-il d'une voix nasale. Dans les bois. Tu t'en souviens ? »

L'autre portière s'ouvrit et le passager sortit dans le soleil. C'était une femme.

Le cœur de Harry cessa de battre. Il se cramponna à la charrette pour ne pas tomber.

C'était Lolo Gestapo.

12

La purée de framboises

« Eh bien, chassez le naturel, il revient au galop, pas vrai ? »

Lolo Gestapo examinait Harry avec dégoût, comme s'il était quelque méprisable ver rampant sur le sol.

« Regarde-toi, reprit-elle. Habillé comme un ouvrier, les mains tachées, à conduire un cheval et une charrette comme un voyou de chiffonnier. Toutes ces années consacrées à essayer de faire de toi quelque chose de décent – quel gâchis ! »

Elle était vêtue d'un costume safari jaune d'or, avec des accessoires rouges – des boucles d'oreilles rouges, une écharpe de soie rouge, de hautes bottes rouges. Ses cheveux, de la même nuance que le costume, étaient nattés de façon impeccable et retenus par une barrette rouge. Ses lèvres rouges arboraient un sourire railleur. Entre ses doigts aux ongles rouges, elle tenait un long fume-cigarette rouge.

« Je vous l'ai dit, Percy, n'est-ce pas, dit-elle au colonel Priestly. Une oreille de truie ne fera jamais une bourse en soie. Et celui-là, c'est un vrai porc.

— Et une petite brute mal élevée, en plus. »

Le colonel Priestly était vêtu d'un pantalon en tweed à grands carreaux orange et vert, d'une veste du même tissu barrée par une grosse chaîne en or, et d'une cravate en soie. La brillantine dans ses cheveux et sa moustache rousse brillait d'un éclat métallique.

« Un vrai petit voyou, reprit-il. Qui crie et qui balance des œufs pourris ! J'en vois tous les jours au tribunal. On n'aurait jamais dû supprimer le fouet. Une bonne raclée, voilà ce qu'il mérite – et j'ai bien l'intention de lui en donner une. Ça lui apprendra les bonnes manières.

— N'hésitez pas, Percy. Il n'y a personne, dit Lolo Gestapo en s'éloignant de la Rolls-Royce. Après ce qu'il vous a fait. Quelques bonnes taloches – il les mérite. Je sais de quoi je parle, j'ai passé ma vie avec ce sale gosse. »

Harry était dos à la charrette. Il regarda autour de

lui avec appréhension et s'empara d'un grand concombre pour se défendre.

« Ne crois pas que j'ai oublié ce que j'ai dit à Hampstead, lui siffla-t-elle. Ta famille me doit des milliers de livres et je les obtiendrai, d'une manière ou d'une autre, tu peux en être certain. Avec le salaire de misère que ton père m'a donné, pas question que je renonce.

— Il vous a payé un maximum, murmura Harry.

— Qu'as-tu dit ? demanda-t-elle en faisant un pas menaçant vers lui.

— J'ai dit qu'il vous avait payé un maximum ! hurla Harry. Tout ce que vous vouliez, il vous le donnait. Toujours ! Et en plus, vous me faisiez faire pratiquement tout le travail.

— Espèce de sale petit menteur !

— C'est vous la menteuse ! rétorqua Harry avec témérité. Vous savez que c'est vrai ! Et en plus, vous êtes une voleuse. »

Il déversait des années de frustration.

« Tout ce qui vous faisait envie, reprit-il, vous vous serviez. Après leur mort – vous croyez que je n'ai pas remarqué les objets qui disparaissaient ! Ces chandeliers en argent dans la salle à manger, et les tableaux sur le palier, et les bibelots dans la vitrine. Et le camion d'antiquaire à la porte, le jour où vous m'avez expédié au musée. Et les bijoux de ma mère – ceux qu'elle laissait. C'est sa broche que vous portez aujourd'hui. Vous n'êtes qu'une voleuse ! Et une brute ! Et une tricheuse ! Et je vous déteste !

— Oooh ! Percy ! Vous l'avez entendu ! Le petit serpent venimeux ! »

Le colonel Priestly la contemplait avec un sourire admiratif.

« Ne restez pas planté là ! protesta-t-elle en se dirigeant vers Harry. Cette fois, mon petit gars, tu es allé trop loin ! »

Désespérément, Harry regarda l'un puis l'autre. Le colonel se rapprochait de l'autre côté.

« Reculez ! dit-il en brandissant son concombre. Je vais vous frapper ! »

Clic, clac, clic, clac ! Les hauts talons de Lolo Gestapo claquaient sur le bitume.

« Ne vous approchez pas ! Je vous préviens ! » cria Harry, le dos contre la charrette.

Elle l'ignora. La fureur déformait ses traits. Elle remonta ses manches et leva la main sur...

Harry abattit d'un seul coup le concombre sur sa tête. Il y eut un gros craquement, le concombre se brisa et vint rebondir sur le parking.

Au même moment, Fouillis décida que cette dame ne lui plaisait pas, d'autant qu'elle avait attaqué son maître. Babines retroussées, il jaillit de sous la charrette et planta ses crocs dans le cuir rouge de sa cheville.

« Oh ! Aïe ! Au secours ! »

Lolo Gestapo vacilla en arrière. Un de ses talons se brisa. Sa barrette s'ouvrit et sa chevelure impeccable se répandit sur ses épaules.

La vue du chien fit reculer le colonel. Il n'avait pas oublié les crocs enfoncés dans sa cheville. Il se précipita de l'autre côté du parking et commença à tirer sur les branches. Après des efforts brefs, mais intenses, il réussit à briser un gros bout de bois.

Un seul coup d'une pareille matraque aurait suffi pour écraser la tête de Fouillis. Harry ôta la corde de son collier. Le garçon et le chien se réfugièrent derrière la charrette.

Lolo Gestapo clopina à sa poursuite.

« Attends un peu que je t'attrape ! » cria-t-elle.

Le colonel Priestly, écarlate, brandissant son bâton, courut de l'autre côté pour le bloquer.

« Allez-y, Percy ! Frappez-le ! »

Bong ! Bang ! Les coups du colonel manquèrent Harry et tapèrent sur la charrette.

« Fouillis ! Vite ! » hurla Harry en se mettant hors de portée.

Lolo Gestapo et le colonel le poursuivirent sur une vingtaine de mètres. Elle était de plus en plus échevelée. Le colonel trébucha et s'étala, roulant sur le bitume comme un cochon rouge. Harry était beaucoup trop rapide pour qu'ils espèrent l'attraper.

Mais sa précieuse charrette ! Ses fruits et ses

légumes ! L'argent ! Il aperçut derrière eux sa boîte posée au bord de la charrette.

Lolo Gestapo suivit son regard. Elle vit les fruits, elle repéra la boîte métallique. Sa colère se mua en un sourire de triomphe.

Harry fonça comme un coureur des jeux Olympiques. Il n'avait jamais couru aussi vite, ses pieds touchaient à peine le sol. Comme un joueur de rugby, il esquiva les doigts du colonel.

Mais Lolo Gestapo avait de l'avance. Elle courait elle aussi, sautillant sur son talon cassé, les cheveux au vent, les mains tendues comme des serres. Elle allait arriver la première – mais sa botte rouge dérapa dans le crottin de Chalky. Elle vacilla pendant une seconde. Ce fut suffisant. Harry passa devant elle. À deux mains, il saisit la précieuse boîte.

Aussitôt, la furie se rua sur lui. Ses ongles rouges agrippèrent le dos de son t-shirt. Harry se débattit comme un fou et parvint à lui échapper. Il reprit son équilibre et se mit à courir, le t-shirt déchiré, serrant la boîte contre son cœur.

« Aaah ! Petit salaud ! Sale gosse ! Espèce de voyou ! »

Hystériquement, elle enfonça son poing dans un panier de grosses framboises. Le jus écarlate jaillit en fontaine. Elle en écrasa un autre, puis un autre encore. Il restait quelques barquettes de cassis. Les explosions virèrent au noir. À voir son visage et sa saharienne, on l'aurait crue atteinte d'une forme particulièrement virulente de peste noire.

Le colonel la rejoignit. D'un coup de bâton, il écrasa haricots et courges, roses et pois de senteur. S'en servant à la façon d'un râteau, il balança tout par terre. Comme des enfants en train de faire une colère, ils se mirent à tout piétiner.

Harry et Fouillis les regardèrent, abasourdis. Chalky, qui menait une vie paisible à La Thôle, était effrayé de cette violence.

Pour achever leur œuvre de destruction, le colonel Priestly glissa l'épaule sous la charrette. Lolo Gestapo l'attrapa de ses mains manucurées. Ils la soulevèrent en chœur. Dans un grand craquement, la charrette se renversa.

« Je le dirai ! hurla-t-il. Je le dirai à Tante Bridget et à tout le monde. Ils vous enverront la police !

— Ça, ça m'étonnerait ! riposta le colonel. Bridget Barton ! Florrie Fox ! Les Doigts Peterman ! Toute cette bande de vieux bandits ! J'en ai mis moi-même la moitié au trou. Va voir la police ! Tu crois que les flics feront confiance à une bande pareille contre MA parole – moi, un magistrat, président de conseils d'administration, gros propriétaire terrien ?

— En plus, on n'était pas là, hein, Percy ? »

Le fume-cigarette de Lolo Gestapo gisait au milieu des fruits écrasés. Elle le récupéra.

« C'est sans doute cette bande de motards que

nous avons aperçue – ou cette caravane peinte pleine de voyageurs ? ajouta-t-elle.

— Absolument, approuva le colonel.

— Nous sommes bien passés devant ton étalage, dit-elle.

— Nous avons pensé qu'il était très réussi.

— Charmant, avec tous ces fruits et ces fleurs.

— On ne s'est pas arrêtés, pourtant.

— Non.

— Mais il n'y avait pas de motards, protesta Harry.

— Ah, mais qui le saura ? demanda le colonel en saisissant affectueusement la main de Lolo Gestapo. Nous, nous les avons vus, n'est-ce pas, ma Lavinouchette ?

— Absolument, mon Percypop, répondit-elle avec un sourire affecté. De telles brutes. Ils n'inspiraient pas confiance. »

Ils rirent et tournèrent la tête pour échanger un baiser.

Harry crut qu'il allait vomir.

« Je le dirai, quand même ! cria-t-il tandis qu'ils se dirigeaient vers leur Rolls. Je vais m'occuper de vous, moi-même ! Vous verrez si je le fais pas ! »

Le colonel ouvrit la portière.

« Je t'ai prévenu sur tes mauvaises fréquentations. Tu vas voir, on a encore quelques surprises en réserve pour toi.

— Au revoir, petite crapule ! À bientôt ! » lança Lolo Gestapo en lui faisant signe de la main.

Le moteur rugit. La Rolls-Royce roula sur le parking.

Harry regarda autour de lui, à la recherche d'un projectile. Il ne vit que des fruits écrasés. Ramassant une poignée de framboises, il courut derrière la voiture et les balança sur la vitre arrière. Splatch ! Le jus rouge éclaboussa la peinture jaune.

Pon ! Pon ! L'avertisseur résonna avec moquerie.

« Espèces de pourris ! » cria Harry.

La voiture fit demi-tour sur la route. Le bruit du moteur s'évanouit.

13

Serrures, voleurs et journaux

Quelques jours après l'aventure de la charrette détruite, Harry flemmardait au salon. Il était vêtu d'un t-shirt rouge flambant neuf, avec un aigle sur la poitrine, et d'un short kaki. Un couteau suisse pendait à sa ceinture.

La veille au soir, on avait fait un grand feu de joie pour brûler tous les vêtements qu'il avait apportés de Hampstead, sauf le vieux jean qu'il aimait trop. À présent, il n'avait plus que des vêtements qu'il avait lui-même choisis. À l'exception du pantalon gris, de la veste bleu marine et de la cravate à rayures, destinés à l'école : la date de la rentrée approchait.

Une grosse serrure, donnée par Les Doigts, était posée sur les genoux de Harry. À l'aide d'un crochet en acier, il s'efforçait de l'ouvrir et de la refermer en trente secondes. Ce n'était pas difficile : Les Doigts lui avait expliqué les mécanismes de serrures bien plus compliquées, en lui montrant les différentes gorges et en lui apprenant où il fallait appuyer. Harry s'entraînait à aller de plus en plus vite.

Clic ! La serrure s'ouvrit. Scritch, scratch snap ! Elle se ferma. Il regarda le réveil posé à côté. Trente-sept secondes. Pas mal.

Harry attendit que l'aiguille des secondes soit sur le douze pour recommencer. Mais Florrie fit irruption dans le salon, vêtue de son cuir.

« Bonjour, mon chéri, dit-elle en sortant de son blouson un exemplaire du *Journal du Soir* qu'elle jeta sur la table basse. Tu fais tes devoirs, à ce que je vois. Tu en es à combien ?

— Trente-sept secondes.

— Très bien, mon cœur ! Tu progresses. Les Doigts doit être fier de toi. Bon, s'exclama-t-elle en se dirigeant vers le vestibule, il faut que j'aille me changer. À tout à l'heure. »

Tatie Florrie s'en alla, mais repassa la tête par l'entrebâillement de la porte.

« Au fait, chéri, dans le journal, il y a une photo qui devrait t'intéresser. Et as-tu lu *Le Télégraphe* ?

— Seulement les pages sport.

— Regarde les nouvelles locales. Il y a deux petites infos qui valent le coup. »

La tête de Tatie Florrie disparut et Harry entendit les talons de ses bottes claquer dans l'escalier.

Il posa la serrure et prit le journal. Il ne lui fallut pas longtemps pour trouver la photo. Ils étaient là, en habits de soirée, main dans la main, au centre d'une assemblée mondaine – Priestly la Brute et Lolo Gestapo. Tout sourires. Tout comme les invités qui applaudissaient autour d'eux. Harry lut la légende.

« *Le colonel Percival Bonaparte Priestly et Miss Lavinia Lucretia McMaton ont annoncé leurs fiançailles à l'occasion du bal de charité de la police.*

Le colonel Priestly, de Félon Grange, est magistrat ; c'est aussi un éminent propriétaire foncier de notre région, président de nombreux conseils d'administration et bien connu pour sa philanthropie. Miss McMaton est arrivée il y a peu de temps de Londres pour travailler dans notre région. »

Harry regarda de nouveau la photo et résista à la tentation d'ajouter des dents de Dracula à ces visages souriants.

Il reposa le journal et prit *Le Télégraphe.* Serait-ce aussi intéressant ? Il lui fallut plusieurs minutes pour trouver les articles dont avait parlé sa tante. Il écarquilla les yeux. S'installant confortablement, il les lut l'un après l'autre.

« *Des braqueurs de banque s'enfuient avec 70 000 livres.*

Vendredi soir, des cambrioleurs se sont introduits dans les locaux de la Norland Bank, à Oakborough, et se sont emparés de 70 000 livres en or et en coupures usagées.

La police, qui ne veut guère donner de détails, pense que c'est l'œuvre d'une bande organisée et relie cette opération à une série de cambriolages récents.

Les voleurs ont pénétré par une fenêtre du premier étage à l'arrière du bâtiment. Le système d'alarme, installé depuis peu, a été neutralisé. La bande s'est ensuite dirigée vers le sous-sol où la chambre forte était protégée par un système de sécurité. Celui-ci a été pulvérisé par une énorme charge d'explosif, qui a non seulement arraché la porte du coffre, mais fait tomber le plafond et détruit le bureau du directeur.

Des passants ont aussitôt alerté la police mais, le temps qu'elle arrive, les cambrioleurs étaient partis. Un témoin oculaire a parlé d'un quatuor de gens assez âgés aperçus dans une petite rue non loin de l'explosion et qui paraissaient plutôt hébétés. La police se demande s'il s'agit d'un déguisement ou de quatre innocents fêtards qui étaient allés boire dans un pub voisin.

On les a vus monter dans une belle Mercedes rouge, immatriculée DOB 123, qui est partie à vive allure. Un citoyen responsable les a pris en chasse avec sa Lotus Elan, mais n'a pas réussi à les suivre. « Ils ont filé comme une chauve-souris hors de l'enfer », a-t-il confié aux journalistes.

La police souhaiterait interroger le conducteur et les passagers de la Mercedes rouge. DOB 123 est le numéro d'immatriculation de la limousine officielle de Sa Majesté à Balmoral. »

Harry faillit s'étrangler de rire. Voilà qui expliquait les visages rougis de samedi matin. Ce n'était pas un coup de soleil – Les Doigts les avait tous fait sauter ! Il avait recommencé ! C'étaient eux qui vadrouillaient dans les rues, comme des pochards, les poches et les sacs bourrés d'or et de billets de banque.

Mais son rire se calma. Ils avaient vraiment effectué l'opération prévue. C'étaient des voleurs pour de bon ! Le journal était limpide.

Il s'intéressa au deuxième article.

« Minibus pour un orphelinat

Une donation anonyme de 70 000 livres a permis à Winkle Manor, une institution pour orphelins handicapés, d'acheter un minibus.

La directrice de l'établissement, qui, depuis plusieurs années, se débat dans les problèmes financiers, a déclaré à notre journaliste : « C'est merveilleux, un vrai don du ciel. Une moitié de l'argent a été consacrée à l'achat d'un minibus spécialement adapté dont nous avions désespérément besoin. Le reste servira à acheter des médicaments et des équipements de plein air pour les enfants. Enfin, nous allons pouvoir les emmener en vacances. »

En larmes, elle a ajouté : « Nous ignorons qui est notre bienfaiteur, mais je vous en prie, remerciez-le au nom de tous les enfants, et dites-lui combien nous lui sommes reconnaissants de sa bonté. »

Une photo montrait un groupe d'enfants devant Winkle Manor. Certains portaient des appareils orthopédiques, d'autres étaient assis sur des fauteuils roulants. Une petite fille brandissait une feuille de papier qu'il supposa être le chèque de 70 000 livres. Tout le monde riait.

Perplexe, Harry regarda autour de lui. Ce que faisaient ses tantes et leurs amis, c'était bien ou mal ? Il ne savait plus quoi en penser.

14

L’été

Somptueux été ! Le premier digne de ce nom pour Harry. Les jours passaient à la vitesse de l’éclair.

Tous les matins, sur la pelouse, La Barak lui enseignait la lutte.

Cette femme avait beau être impressionnante, elle était toujours de si belle humeur que Harry n’avait absolument pas peur d’elle. N’empêche, se disait-il, s’il avait fallu affronter une telle montagne en colère, il n’aurait pas été à l’aise.

D’abord, Harry apprit comment tomber. Puis, petit à petit, La Barak lui enseigna les prises et les coups de base. Il volait dans les airs, à droite, à gauche. Impuissant, il gisait dans l'herbe, maintenu par la poigne solide de La Barak.

Jusqu'à ce qu'un matin, à la grande surprise de la lutteuse, elle se retrouve projetée dans les airs comme un sac de pommes de terre de cent kilos ; elle vint s'écraser au pied d'un gros hêtre. Les oiseaux s'envolèrent en poussant des cris perçants. Totalement éberluée, La Barak s'assit en grattant le paillasson qui lui servait de chevelure, puis éclata d'un rire énorme, se releva et assena une grande claque dans le dos de Harry.

*

* *

Un après-midi, il se rendit dans l'atelier d'Angel.

« Tu es le bienvenu, l'accueillit celui-ci. Sers-toi, mais laisse tout en l'état. Et ne me dérange pas pendant que je travaille. »

Il disparut derrière son chevalet, puis réapparut pour s'enquérir :

« Tu n'aurais pas un bonbon, par hasard ?

— Désolé », dit Harry en fouillant dans ses poches.

L'atelier était dans un désordre indescriptible. Il y avait des toiles partout. Harry n'avait jamais vu une telle explosion de formes et de couleurs.

Un tableau le représentait, lui, avec sa charrette.

Son visage n'était pas encore achevé, mais pourtant, la ressemblance était parfaite. Chalky sentait presque le cheval, et Fouillis le regardait d'un air plein d'espoir. Les fleurs et les fruits resplendissaient dans le soleil du matin. C'était magnifique.

Il se promena pendant une demi-heure dans l'atelier, à essayer les pinceaux, à faire sortir les couleurs des tubes et à les étaler du bout de son doigt.

« C'est l'heure de ma sieste, annonça tout à coup Angel. Avant le goûter, faut que je prenne des forces. »

À la grande surprise de Harry, il se coucha par terre, la tête sur une combinaison maculée de peinture.

Harry se dirigea vers la porte.

« Eh, avant que tu te sauves ! Je t'ai vu regarder ce tableau là-bas. Avec la grosse fleur et les indigènes. »

Harry s'approcha du tableau et, du bout des doigts, effleura la signature de l'artiste.

« G-a-u... g-u-i-n. Gauguin ?

— Ouais, celui-là. Il te plaît ?

— Oui, beaucoup.

— Je te le donne. Je devais l'envoyer chez Sotheby's – c'est des commissaires-priseurs. J'aurais pu en tirer dans les cent cinquante mille. Peut-être le double. Mais prends-le s'il te plaît. Il fera bien dans ta chambre.

— Cent… Oh, non ! refusa Harry, effaré.

— Pourquoi pas ? C’est à moi, j’en fais ce que je veux. Alors, embarque-le et laisse-moi dormir.

— Merci, dit Harry en ôtant la toile du clou auquel elle était pendue. Je…

— Tu l’as pris ? l’interrompit Angel.

— Oui.

— Alors, file ! Du balai ! »

*

* *

Harry n’avait jamais été aussi occupé ni aussi heureux.

Il grimpait aux arbres avec Dot et restait des heures à se balancer dans le vent.

Tatie Florrie les emmena jusqu’à une falaise surplombant la mer. Encordé à Dot, il prit ses premières leçons d’escalade.

Dans la cuisine, avec Mrs Good, il apprit à faire du caramel et des pizzas, des crêpes et du saucisson brioché.

Presque tous les jours, il allait se baigner avec Fouillis.

Il repeignit la vieille barque et Toc-Toc lui donna du fil, des hameçons et une pelle. Il ne lui fallait que deux ou trois minutes pour déterrer quelques vers bien gras. Ensuite, il prenait ses rames et allait pêcher.

Le soir, il faisait du feu dans les bois et tout le monde venait déguster ses dîners de poisson. Assis en rond, on grillait ses perches et ses ombres au bout d'un bâton, tandis que les pommes de terre cuisaient sous la cendre. On mangeait avec les doigts et on arrosait le festin avec de grands verres de cidre.

Mais toutes les bonnes choses, malheureusement, ont une fin. Et un lundi matin, quand Harry se réveilla, les vacances étaient finies.

Il fallait aller à l'école.

15

Jour sombre à Barleymow

Le collège de Barleymow était situé à la limite de la ville. C'était un joli bâtiment de brique, avec une cour bitumée et deux terrains de sport. La plupart des enfants vivaient en ville. Un car de ramassage scolaire amenait ceux qui habitaient dans les environs et, à neuf heures, Harry se retrouva en classe avec vingt-sept autres élèves, en train d'attendre le professeur.

La salle bruissait de rires et de bavardages. Les filles en gris et les garçons en bleu marine étaient assis sur les tables et passaient d'un groupe à l'autre pour se raconter leurs vacances et les derniers potins.

Harry restait dans son coin et personne ne lui prêtait attention. Puis deux garçons, un Indien et un rouquin, traversèrent la pièce pour lui parler.

« C'est ton premier jour ? Comment tu t'appelles ?

— Harry Barton.

— Moi, je m'appelle Akku – Akku Apiliga. Lui, c'est Charlie.

— Charlie Lasne.

— Tu joues au foot ?

— Oui.

— Tu peux venir dans notre équipe à la récré. T'es pour quelle équipe ? »

Harry le lui dit.

« Ouais ! cria Akku. Moi aussi.

— Ils valent pas un clou », répliqua Charlie en faisant la grimace.

Harry se mit à rire. Il n'aurait jamais cru se faire des amis aussi vite.

« Le prof, il est comment ?

— Je sais pas. L'année dernière, on avait Mr Lewis. Il était bien. Il nous faisait jouer au rugby.

— Mais il est parti. On va avoir quelqu'un de nouveau.

— T'as vu sa voiture, l'Aston Martin rouge ? »

Une fille qui faisait le guet à la porte de la classe rentra en courant.

« Voilà Foggarty. Le nouveau prof l'accompagne. »

Les enfants descendirent des tables et le silence se fit. La porte vitrée s'ouvrit et Mr Foggarty apparut.

Le directeur était un homme corpulent avec un large visage bienveillant. Ses cheveux gris brillaient au-dessus de ses lunettes à monture dorée. Il était vêtu d'un costume d'été gris à discrets carreaux. Il était suivi par le nouveau professeur.

Harry se figea. Il sentit la pièce tourner autour de lui et tout devint noir. Puis le vertige passa. Personne n'avait rien remarqué, car tous les yeux étaient fixés sur le nouveau professeur.

C'était Lolo Gestapo.

Elle souriait avec affabilité. Plusieurs filles lui rendirent son sourire, contentes d'avoir une femme professeur, surtout si blonde et si élégante.

« Bonjour, les enfants, commença Mr Foggarty.

— Bonjour, monsieur, répondirent-ils en chœur.

— Asseyez-vous. »

Harry prit une chaise entre Akku et Charlie.

« J'espère que vous avez passé de bonnes vacances, reprit le directeur en regardant la classe. Comme vous avez grandi ! »

Ses yeux se posèrent sur Harry.

« Ah ! un nouveau, continua-t-il. Comment t'appelles-tu ?

— Harry Barton, monsieur.

— Harry Barton. J'ai vu ton dossier. J'espère que tu seras heureux parmi nous. Je pense que tu te feras rapidement des amis. Tu as déjà rencontré des élèves ?

— Oui, monsieur.

— Parfait. Bien. Je vous présente votre nouveau professeur, dit-il en se tournant vers la jeune femme souriante à ses côtés. Miss McMaton. Elle vient de Londres avec les meilleures références et je suis sûr qu'elle saura vous faire marcher droit. »

Il lui murmura quelque chose à l'oreille et elle hocha la tête, souriant encore plus largement.

« Je vais vous confier un petit secret, reprit-il. Si vous lisez la presse régionale, vous aurez probablement vu son nom à côté de celui du colonel Priestly, le président du conseil d'administration de cette école.

— Ouahouh !

— Et si vous y regardez de plus près, continua Mr Foggarty en riant, vous apercevrez à son doigt une bague de fiançailles toute neuve.

— Ouah, ouhouh !

— Plus sérieusement... Comme le jeune Harry Barton, Miss McMaton est nouvelle ici. Je souhaite que vous vous conduisiez correctement. »

Quelqu'un lâcha un bruit inconvenant.

La classe ricana.

« Je considérerai ceci comme une plaisanterie, dit le directeur. C'est le premier jour du trimestre, ajouta-t-il en se tournant vers Miss McMaton. Vous verrez, ils ne sont pas si méchants. Bien, conclut-il en se tournant à nouveau vers les élèves, je vous laisse entre les mains compétentes de Miss McMaton. »

La porte se referma derrière lui.

« Harry Barton. C'est toi qui as fait ce bruit impertinent ? demanda-t-elle de sa voix claire.

— Non, répondit Harry, les yeux écarquillés d'innocence.

— Non, quoi ?

— Non, ce n'est pas moi.

— Non, ce n'est pas moi, quoi ?

— Non, je n'ai fait aucun bruit.

— Non, je n'ai fait aucun bruit, quoi ? »

Harry finit par comprendre.

« Non, miss. Je n'ai fait aucun bruit.

— Je ne te crois pas. Ce n'est pas un très bon début. Tu viendras me voir à la récréation », exigea-t-elle d'une voix glacée.

Harry baissa les yeux, tremblant.

« Tu m'as entendu ?

— Oui, miss. »

La classe était sous le choc. Le garçon responsable leva courageusement la main.

« Baisse la main, je te prie.

— Mais... »

Elle le foudroya du regard. Il baissa la main.

Lolo Gestapo retrouva le sourire.

Elle était vêtue d'un tailleur impeccable, bleu paon, et d'un chemisier d'un blanc éblouissant. Tous ses accessoires – bottes, broche, boucles d'oreilles, barrette – étaient dans des nuances de bleu et vert.

« Bon, vous savez un peu qui je suis. À moi de découvrir qui vous êtes, continua-t-elle en s'asseyant. Nous allons remplir le cahier d'appel. Donnez-moi vos prénoms à l'appel de votre nom. Andrews ?

— Polly Jane, dit une jolie petite fille avec un ruban blanc dans les cheveux.

— Apiliga ?

— Akku Amos.

— Barton ?

— Augustus Harold, répondit Harry.

— Il en manque un peu, je crois, insinua Lolo Gestapo.

— Eugène Augustus Montgomery Harold, marmonna-t-il, rouge comme une pivoine.

— Je ne suis pas sûre d'avoir tout compris, répliqua le professeur tout sourires. Parle clairement. Je ne vais pas avoir la place de tout écrire. Merci, Eugène Augustus. Crabtree ?

— Daisy Rose.

— Donkin ?

— Charles, dit Charlie.

— Goodfellow ?

— Brian Oliver », déclara le garçon qui avait fait semblant de lâcher un pet.

Plusieurs élèves ricanèrent et Goodfellow leur décocha un regard plein de haine.

La liste continua.

Charlie écrivit un petit mot qu'il fit passer.

« *Harry, pas de pot avec ton nom. T'en fais pas. Pourquoi elle en a après toi ?* »

Millimètre par millimètre, pour ne pas se faire remarquer, Harry chercha son stylo. Il retourna le petit mot et écrivit :

« *Charlie, merci. Je te raconterai tout à l'heure.* »

Puis, sachant qu'il jouait avec le feu, il ajouta :

« *Elle travaillait chez mes parents à Londres. Elle était vraiment horr...* »

« Eugène Augustus ! C'est quoi, ce papier ? cria-t-elle d'une voix claire qui fit sursauter Harry.

— Quel papier, miss ?

— Celui que tu es en train d'écrire.

— Je n'écris pas, miss.

— Oh ! Je t'ai vu. Il est sous ta main. Apporte-le, je te prie.

— Ce n'est rien, miss.

— Apporte-le ! »

Harry obéit.

Lolo Gestapo prit le papier dans sa main manucurée et le lut. Lentement, elle leva les yeux et dévisagea d'abord Harry, puis Charlie. Elle les transperça du regard.

« Merci. Va t'asseoir. »

Harry reprit sa place, dans un silence de mort. Lolo Gestapo revint à son registre.

« Perkins ?

— Rosemary », chuchota une grande fille.

16

Une question de survie

« Elle a dit quoi ? s'écria Tante Bridget, blême de colère.

— Que si je voulais que ça se passe bien à l'école, répondit Harry, je n'avais qu'à lui expliquer ce que vous fabriquiez tous à La Thôle.

— Et c'était quand ?

— À la récréation du matin.

— Vous étiez seuls.

— Oui, dans la classe. Les autres étaient dehors, en train de jouer au foot. »

Il était cinq heures moins le quart. Il y avait foule dans la cuisine.

« Et, ajouta Harry, elle m'a prévenu que je ferais

mieux de me tenir à carreau, parce qu'autrement elle – ils – s'arrangeraient pour me faire partir d'ici. Parce que... »

La Barak lui entoura les épaules d'un bras protecteur.

« L'assistante sociale viendrait te prendre pour te mettre dans un orphelinat, c'est ça ? demanda Tante Bridget. Parce que Tatie Florrie et moi, on a des casiers judiciaires, on a tous fait de la prison et Priestly peut monter un dossier prouvant que nous ne sommes pas assez convenables pour t'élever – nous ne te donnons pas le bon exemple. »

Harry hocha la tête, complètement abattu.

Au milieu de la table, trônaient une théière et un plateau de gâteaux. Mrs Good poussa une tranche de cake vers Harry.

« Nom d'un catch ! s'exclama La Barak. Je vais faire purée avec cette bonne femme, comme ça, fini soucis pour mariage, celle-là ! Fini soucis pour tout !

— Résumons-nous, déclara Tante Bridget. Ce n'est pas toi le responsable de ce bruit grossier.

— Non. Le garçon qui l'avait fait était prêt à se dénoncer, mais elle n'a rien voulu savoir.

— Et elle en a profité pour t'accuser : c'était une bonne excuse pour te voir à la récréation et te coller cinq cents lignes à faire !

— T'inquiète pas pour ça, mon gars, le rassura

Angel. Écris-en une douzaine, et moi je te les imprime. Même Scotland Yard n'y verrait que du feu ! Cinq cents, cinq mille, dis-moi combien t'en veux ! »

Il y eut des rires dans l'assistance. Harry, entouré par de tels amis, commençait à se sentir un peu mieux.

« C'est important, reprit Tante Bridget. Elle t'a raconté que Priestly sait qu'ici, à La Thôle, nous ne sommes pas inactifs...

— Voilà pourquoi il rôdait dans les bois, comme une vieille fouine ! s'exclama Dot de sa voix aiguë.

— ... et elle souhaite que tu lui racontes de quoi il retourne, acheva Tante Bridget ; si toi, ou nous, nous causons des problèmes, on te placera en institution ; si tu parles de Hampstead, ou de la charrette, à la classe, elle va transformer ta vie en enfer...

— Elle a prétendu que c'était des mensonges ! affirma Harry.

— ... et elle attend toujours, continua Tante Bridget, que Florrie et moi, nous lui restituions ce qu'elle considère "comme légitime".

— Oui, elle a dit que le colonel Priestly sait qu'il se passe des choses ici. Et même si mon père est mort ruiné, la famille lui doit des milliers de livres.

— Quelle charmante créature ! lança Tatie Florrie.

— Comme son petit ami, renchérit Tante Bridget.

— Et c'est nous qu'ils ont envoyés en cabane, reprit Tatie Florrie. Mais à part ça, mon chéri, c'était comment l'école ?

— C'était bien, répondit Harry. On a joué au foot après la cantine. D'après Charlie, je devrais faire partie de l'équipe du collège.

— Et le travail ? s'enquit Tante Bridget.

— Facile. On a eu une rédaction : *Ce que j'ai fait pendant les vacances.* J'ai raconté ces deux vandales qui ont cassé ma charrette. »

Tante Bridget retint un sourire.

« Je n'ai pas donné leurs vrais noms, expliqua Harry. Mais je n'allais pas lui raconter tout ce que j'ai fait ici, non ? Et en maths, je suis très en avance.

— Donc, Barleymow te plaît, releva Tante Bridget, mais on a un problème. Si on se plaint de ton professeur – et on n'a aucune preuve de ce que tu nous as raconté – on risque l'enquête des services sociaux ; qui sait quel en sera le résultat ? Et si on ne se plaint pas, elle va te faire vivre un enfer. Alors, que penserais-tu d'aller dans une autre école ? Oublie Barleymow et on te renvoie en pension.

— Non ! cria Harry. Je reste là ! Je veux rester à La Thôle ! Tu as dit que c'était chez moi ! Je ne veux pas retourner en pension. Je veux rester ici !

— Mais, et Lolo Gestapo ?

— Je refuse de partir à cause d'elle ! répliqua Harry d'un ton méprisant. Je refuse de changer d'école et de quitter La Thôle, vous tous, et Fouillis et Chalky et tout ça, à cause d'une pourriture de brute !

— Tu as raison ! s'écria Tante Bridget. Je l'ai dit le jour de ton arrivée, tu n'es pas une poule mouillée, Harry Barton. Tu resteras à Barleymow et à La Thôle, et on va l'écraser – on les écrasera tous les deux ! assura-t-elle en lui saisissant la main. Mais pour le moment, fais le dos rond. Inutile de chercher les ennuis. Elle exceptée, c'est une bonne école. Fais ton travail, amuse-toi avec tes copains et joue au foot. Ne lui donne aucun prétexte pour t'embêter.

— Et Tante Bridget va nous concocter un petit plan, mon chéri, conclut Tatie Florrie.

— Ça fait un moment que je cherche à mettre quelque chose au point contre le colonel, répondit Tante Bridget avec un sourire narquois. Depuis qu'il nous a envoyées dans la haie avec sa Rolls. Maintenant, le voilà fiancé avec Lolo Gestapo et c'est elle le professeur de Harry – tout se met en place. Mais il faut d'abord attendre le retour de Mister Tolly. »

Elle regarda pensivement le mur devant elle.

« Trois étapes probablement, ajouta-t-elle ; la première à la mi-novembre.

— Tante Bridget, demanda Harry, le premier

matin, en allant à l'aérodrome, tu m'as promis que tu me parlerais du colonel. Mais je ne sais presque rien de lui. À part espionner dans les bois et casser ma charrette, qu'est-ce qu'il a fait ? Pourquoi tout le monde le déteste-t-il ?

— Pas tout le monde, mon cher, seulement nous. Seulement les quelques personnes qui savent vraiment qui il est, dit Max en caressant sa fine moustache. Pour le reste du monde, le colonel Priestly est un éminent magistrat, qui fréquente la bonne société, un important propriétaire terrien, le président de ceci et cela, un grand philanthrope.

— Vas-y Max, lança Tante Bridget. Raconte à Harry pourquoi on le surnomme Priestly la Brute.

— Ou Colonel Cœur de Pierre.

— D'accord, dit Max en examinant ses ongles. La pègre a une vision bien différente du colonel Percival Bonaparte Priestly. Il est considéré comme un des plus gros trafiquants d'Europe. Tous ces galas et ces banquets avec des vedettes de cinéma ne sont qu'une façade. Il s'en sert pour dissimuler ses véritables activités. Où crois-tu qu'il trouve l'argent pour entretenir des chevaux de courses, prendre une suite au Ritz, acheter une gigantesque propriété comme Félon Grange ?

— Offrir une Aston Martin à sa fiancée ? compléta Tatie Florrie.

— Où un juge trouve-t-il autant d'argent ? reprit

Max. Grâce à son travail ? Sûrement pas. Le colonel Priestly est le chef d'une des plus célèbres bandes de voleurs d'Angleterre. Il organise les opérations, il se sert de ses contacts et de sa position sociale pour rassembler les informations, et ensuite, il envoie les malfrats. Il n'y va pas lui-même, évidemment, il reste à l'abri. S'il y a un casse à une heure du matin, tu peux être sûr qu'il est en train de boire un verre avec un homme politique ou de jouer au poker avec le chef de la police. Puis, une fois le butin planqué, il attend que ça se calme et il s'en occupe. L'or, l'argent liquide et les bijoux filent directement dans son compte en banque en Suisse. Les antiquités, les tableaux et l'argenterie sont remis à des receleurs et à des collectionneurs privés, des gens qui savent comment masquer les origines des objets d'art. On n'est pas en train de parler de télévisions, de bibelots ou de salles à manger à quatre sous. Non, ces objets valent des milliers, des dizaines de milliers de livres. Et Percy P. devient de plus en plus riche, conclut Max avec un grand geste, et le monde le trouve toujours plus merveilleux.

— Je suis sûre qu'il planque parfois le butin à Félon Grange, dit Tante Bridget. Après, il le répartit – dans tout le pays et sur le continent.

— Mais pourquoi vient-il fouiner dans les bois, ici ? demanda Harry. Pourquoi tout le monde le déteste-t-il ?

— Facile, répondit Les Doigts en se suçant les moustaches. Un juge, c'est censé êt' honnête, non ? Eh ben, pas Priestly. La justice, c'est pas dans son tribunal qu'ça existe ! L'est pourri jusqu'à l'os. Et la vie des aut', pour lui, ça vaut pas un clou. Y s'sert de sa position pour s'protéger. Si qu'on se met dans ses pattes, y vous en colle pour dix ans. Qu'on soye coupab' ou pas. Si qu'on sait kek'chose et qu'on la boucle, y vous laisse partir et après, y vous fait un chantage ignob'. Y'a des copains à moi – innocents comme l'agneau qui vient de naître – y les a collés en cabane pour la moitié d'leur vie. Y'a que Les Doigts qu'a pu les libérer et y courent encore, les pov'. Voilà c'qu'c'est, Priestly. J'peux pas l'saquer !

— Et pourquoi espionner dans bois ? dit La Barak. Parce que lui, peur de Bridget. Quand il a acheté grosse maison, y a trois ans, il s'est installé comme gentleman, il savait pas qu'on était voisins. Il sait qu'on sait tout sur lui. On représente menace, il veut se débarrasser de nous. En plus, lui deviner que nous fricoter – mais quoi ? Il a soupçons, mais contacts à lui dans pègre revenus bredouilles. Nous, mystère. Alors lui espionner pour trouver réponse.

— Et le voilà acoquiné avec Lolo Gestapo, soupira Tatie Florrie, une femme aussi méchante et hypocrite que lui. Et comme il est président du conseil d'administration, il lui a obtenu le poste de professeur à Barleymow qu'elle voulait.

— C'est des vieux potes, reprit Les Doigts. Ils se connaissaient déjà. Elle s'servait sans doute d'lui pour écouler la came qu'elle piquait à Hampstead.

— Et maintenant, ils veulent se servir de toi pour savoir ce qui se trame à La Thôle, continua Tante Bridget.

— Pour pouvoir se débarrasser de nous.

— Tu comprends, mon p'tit gars, déclara Angel. On n'a pas le choix. Si on se débarrasse pas de lui, c'est lui qui se débarrassera de nous.

— Une question de survie, renchérit Dot de sa petite voix.

— Sans compter que je refuse que cette femme se mêle de ta vie et de ton éducation, dit Tante Bridget.

— Alors, tu vois, fiston, on est tous avec toi ! s'exclama Toc-Toc en lui attrapant l'épaule.

— Bon, conclut Mrs Good, si vous voulez dîner ce soir, sortez de ma cuisine !

— Fais tes lignes, mon p'tit gars, demanda Angel à Harry. Stylo bleu sur une feuille A4. Appuie-toi sur quelque chose de mou, il va falloir que je reproduise les creux. Ensuite, apporte-les-moi à l'atelier. Je t'attends.

— Si tu veux faire tes devoirs dans la cuisine, proposa Mrs Good en débarrassant un coin de table, ne te gêne pas. À moins que tu ne préfères monter dans ta chambre.

— Non, je reste ici », répondit Harry.

Il ouvrit son cartable et s'installa au bout de la table. Il prit son cahier de textes. En haut de la première page, était inscrite la punition donnée par Lolo Gestapo :

Les mauvaises manières et l'impertinence seront châtiées.

À copier 500 fois, pour mercredi.

« Douze fois ! marmonna Harry. Vieille saleté ! »

Prenant un stylo bleu, il commença à écrire.

17

Tours de magie

Harry survécut aux quelques jours qui suivirent. Puis, au fur et à mesure que le trimestre avança, il s'habitua à sa nouvelle école.

Akku, Charlie et lui – les Trois Mousquetaires, comme les surnommait Mr Foggarty – devinrent des amis inséparables. Tous les samedis matin, ils jouaient au foot dans l'équipe de Barleymow.

En travaillant dur et en faisant exactement ce que demandait le professeur, il réussissait parfois, pendant plusieurs heures d'affilée, à éviter les ennuis en classe. Cependant, Lolo Gestapo lui rendait la vie difficile. Elle lui donnait des notes systématiquement inférieures à celles qu'il méritait. Pire encore, elle découvrit une page arrachée dans un de ses manuels. Dans un autre, elle trouva des graffiti et un dessin maladroit. Harry avait beau être innocent, chaque fois, il se retrouvait sermonné durement devant toute la classe et ramassait encore cinq cents lignes – qu'Angel imprimait le soir même.

Plus embêtant encore, il trouva des objets cachés dans son pupitre et dans la poche de sa veste, au vestiaire. La première fois, c'était un harmonica, qui faisait la fierté et la joie d'un de ses camarades. Par chance, il eut l'œil attiré par un éclat argenté sous sa pile de livres et sortit l'instrument avant qu'on se soit aperçu de sa disparition.

« Miss, ceci était dans mon casier, dit-il en brandissant l'harmonica. Ce n'est pas moi qui l'y ai mis. »

Lolo Gestapo pinça les lèvres, l'air embêté.

La fois suivante, ce fut le porte-monnaie d'une fille dans la poche intérieure de son anorak. Encore une fois, Harry eut la chance de le trouver en cherchant un carré de chocolat, après une partie de foot.

À la suite de cela, il inspecta systématiquement ses poches et son casier chaque fois qu'il arrivait à l'école – il ne voulait pas être considéré comme un voleur ou un fauteur de troubles. Il fut bien inspiré, car il trouva une fois des cigarettes et, une autre fois, un couteau dangereux. Les deux avaient été confisqués par un professeur en colère.

Enfin, un jour à quatre heures, la veste d'un garçon avec lequel il s'était disputé – un gros menteur que les autres traitaient de lèche-cul – fut trouvée déchirée dans le vestiaire. Les parents se plaignirent et, le lendemain matin, Mr Foggerty fit une enquête. Heureusement, il fut prouvé que Harry était innocent.

Akku raconta au directeur toutes les mésaventures de son ami. Mr Foggarty, qui aimait bien Harry, écouta attentivement et dit aux trois amis de filer.

À la mi-novembre, Mister Tolly fut libéré de prison.

C'était un samedi. Lorsque Harry rentra déjeuner, il trouva deux inconnus à table. L'un, distingué avec une chevelure argentée, sirotait un apéritif. Tatie Florrie lui présenta l'autre.

« Voilà Mister Tolly, Harry, dit-elle avec un grand sourire. Tu sais combien nous étions impatients de le revoir. »

Timidement, Harry lui tendit la main.

« Alors, comment s'est passée ta partie de foot ? demanda le célèbre magicien.

— On a gagné – cinq à trois.

— Tu as marqué ?

— Oui, une fois. Et Charlie deux fois – c'est un de mes amis. »

Mister Tolly était gros et rose, avec le crâne

chauve. Il était vêtu d'un confortable costume de tweed gris-vert orné d'une pochette rouge. Il sortit de son gilet une minuscule boîte laquée dans laquelle il prit du tabac à priser, qu'il tassa sur le dos de sa main et qu'il aspira par les narines d'un air réjoui.

« Ah ! souffla-t-il en se frottant le nez. C'est bon d'être revenu.

— On le sait, répliqua Tante Bridget. Tu as pu t'entraîner ?

— Un peu.

— Fais un tour – pour Harry.

— Maintenant ? Sans échauffement ? Seigneur ! Bon, on va voir ce qu'on peut faire », déclara Mister Tolly en haussant les sourcils d'un air diabolique.

Il prit un couteau sur la table et le mit devant son visage, en le tenant dans les doigts de la main gauche.

« Tu vois ce couteau ? »

Harry hocha la tête.

« Regarde-le bien. »

Mister Tolly tira sur ses manches d'un coup sec et fit passer sa main droite devant. Le couteau avait disparu.

Harry n'en croyait pas ses yeux.

La main droite réapparut. Le couteau était devenu une fourchette.

La tablée se mit à applaudir.

La fourchette devint une cuillère. Elle disparut.

Il effectua quelques gesticulations dans l'air. Rien ne se passa. Mister Tolly parut surpris. Il répéta les mêmes mouvements – toujours rien.

« Abracadabra ! » dit-il d'une voix profonde.

Ses doigts étaient toujours vides.

« Je ne comprends pas ce qui s'est passé. Ils ont disparu. C'est toi qui les as ? » demanda-t-il d'un ton sévère à Harry.

Le garçon secoua la tête.

« Je ne te crois pas. Viens ici ! Fais gaffe, je te surveille ! »

Sans quitter des yeux les mains du magicien, Harry fit le tour de la table, avec un grand sourire.

« Plus près, commanda Mister Tolly. Tu es sûr que tu ne les as pas pris ?

— Oui.

— Tu as dû les manger ! Ouvre la bouche ! »

Harry obéit en riant.

« Plus grand ! »

Harry fit de son mieux et Mister Tolly regarda à l'intérieur.

« Je crois que je les vois. Tout au fond. »

Il leva sa main vide, posa le bout de ses doigts roses dans la bouche de Harry et, à la surprise générale, en sortit un gros objet d'argent.

« Oh ! Mon Dieu ! s'exclama Mister Tolly. Ce n'étaient pas du tout les couteaux et les fourchettes.

Tu as mangé la salière ! Vorace, va ! Ouvre encore... et la poivrière ! »

Il les posa sur la table et les applaudissements crépitèrent à nouveau. Enchanté, Harry retourna s'asseoir.

« Avant que tu ne t'asseyes, qu'est-ce que tu as dans la poche ? »

Harry tapota ses poches. Vides !

« Rien, répondit-il.

— Tu en es sûr ? Essaye la droite.

— Il n'y a rien.

— Essaye, pour faire plaisir à un vieux bonhomme. »

Harry enfonça la main dans la poche de son jean. À sa grande surprise, il y avait bien quelque chose. Un morceau de papier. Il le sortit : c'était un billet de cinq livres.

« Tu pourras t'acheter des bonbons, affirma le magicien chauve.

— Bon sang, merci ! dit Harry en se rasseyant. Mais comment vous avez fait ?

— Secret professionnel, répondit Mister Tolly.

— Mais où sont passés le couteau et la fourchette ? demanda Tatie Florrie.

— Oh, je les ai oubliés, ceux-là. Ils ont disparu. Je pensais que tu les avais.

— Évidemment que non.

— Tu ne les as pas mis dans ton sac ?

— Dans mon sac ! Pourquoi... »

Son joli petit sac rouge était entre eux deux. Elle l'ouvrit. Le couteau, la fourchette et la cuillère s'y trouvaient, proprement emballés dans une serviette de table.

Les rires et les applaudissements éclatèrent.

« Bravo ! Bravo ! » s'exclama le deuxième inconnu.

Harry le regarda : un homme distingué, à l'air avenant, avec une épaisse chevelure argentée, des joues rondes et des dents écartées. Il avait un accent difficile à situer – australien, peut-être.

Harry pensa qu'il devait s'agir d'un homme d'affaires ou d'un propriétaire terrien.

« Je ne crois pas que nous ayons été présentés, dit Mister Tolly.

— Mann, dit l'inconnu. Edward Mann.

— Puis-je vous demander... cette cravate que vous portez ? I.E.O.H., que signifient ces initiales ?

— Institutions pour Enfants Orphelins et Handicapés, répondit Mr Mann en sortant son portefeuille, où il prit deux cartes de visite. Voici la mienne, ajouta-t-il, et celle de l'œuvre que je représente.

— Et quel est le but de votre visite ? s'enquit Mister Tolly.

— Nous préparons une série de concerts pour Noël. Une grande manifestation de charité. Des artistes locaux et des professionnels se produisent gratuitement. Nous espérons pouvoir utiliser la salle d'une de vos écoles en ville – le collège de Barleymow. Je dois rencontrer le directeur lundi.

— Mr Foggarty ! s'exclama Harry.

— C'est cela même. Nous aimerions faire participer certains élèves à cette manifestation.

— C'est mon école, dit Harry.

— Très bien. Peut-être votre professeur pourrait-elle organiser un chœur. J'espère la rencontrer également lundi. J'ai tellement entendu parler d'elle. Miss Lavipue ? C'est cela ? »

Harry était abasourdi. Mr Mann restait sérieux, mais les autres riaient.

Alors, sous les yeux effarés de Harry, le visage de l'inconnu se transforma. La perruque et les sourcils argentés s'envolèrent, le rembourrage des joues disparut, ainsi que les dents écartées, et des lentilles bleues lui tombèrent des yeux.

C'était Max, identique à lui-même, sauf qu'il avait rasé sa moustache.

C'était aussi magique que le numéro de Mister Tolly.

« Secret professionnel ! dit Max en imitant à la perfection la voix du prestidigitateur.

— Bon, si tu as dupé Harry qui vit avec toi depuis quatre mois, dit Tante Bridget, ça marchera avec Priestly qui ne t'a pas vu depuis des années – sauf peut-être avec ses jumelles à la lisière du bois.

— Et Mr Foggarty, et les professeurs ? s'enquit Max.

— Absolument convaincant. Surtout avec les cartes de visite d'Angel, s'exclama Tatie Florrie. C'est l'adresse de qui ?

— L'œuvre philanthropique est vraie, assura Max. Ça fait un moment que je suis en contact avec eux. L'autre adresse dans le Devon, c'est celle de ma sœur. Elle a épousé un fermier qui s'appelle George Mann. On peut leur faire confiance. Je suis allé les voir récemment, en me faisant passer pour son frère Eddie, qui arrive de Nouvelle-Zélande. Si quelqu'un vérifie, la couverture est parfaite.

— Est-ce le début du plan contre le colonel Priestly ? demanda Harry, le cœur battant.

— Oui. Première phase. Si tout se passe bien, on pourra faire un don aux bonnes œuvres et écouter un bon concert – auquel ta classe va participer. Ce qui signifie que ton professeur sera présent. Et donc, plus que probablement, son fiancé. De toute façon, en tant que président du conseil d'administration, il sera là. Et Max – ou plutôt Mr Mann – va lui demander de faire un don. Un homme tel que lui ne va pas laisser passer l'occasion de faire étalage de sa générosité. Et alors là...

— Qu'est-ce qui se passera ? questionna Harry.

— Ah ! Tu verras, mon petit gars », dit Max en jouant avec sa perruque.

18

Le spectacle

L'automne fit place à l'hiver et de grandes affiches fleurirent sur les murs de la ville.

JOYEUX NOËL À TOUS
GRAND CONCERT DE CHARITÉ
VEDETTES DE LA SCÈNE
ET DE LA TÉLÉVISION
ARTISTES LOCAUX
CHŒURS ENFANTINS

COLLÈGE DE BARLEYMOW
VENDREDI 14 DÉCEMBRE À 19 HEURES 30
BILLETS : 5 LIVRES

TARIF RÉDUIT : 2 LIVRES
LE MONTANT DES RECETTES
SERA INTÉGRALEMENT REVERSÉ
AUX INSTITUTIONS POUR LES ORPHELINS
ET LES ENFANTS HANDICAPÉS

Les billets se vendirent si bien qu'il fallut transférer le spectacle dans la splendide salle des fêtes de la ville.

*

* *

Le grand soir arriva. Dans la salle des fêtes, l'atmosphère bruissait d'impatience. Noël était dans l'air. Des guirlandes colorées pendaient au plafond ; des décorations splendides brillaient sur chaque colonne ; à côté de la scène, se dressait un sapin géant, scintillant de lumières ; un gros panier, rempli de ballons qu'on distribuerait aux enfants à la fin du spectacle, était accroché au-dessus des spectateurs.

Dans les coulisses, les acteurs excités s'habillaient et se maquillaient, accordaient leurs instruments et échangeaient quelques plaisanteries. Les chœurs d'enfants n'avaient pas de loge : bavardant comme des pies, ils étaient assis dans les premiers rangs, propres comme des sous neufs.

Harry n'était pas parmi eux. Même s'il avait eu une voix d'ange, Lolo Gestapo, qui, chaque jour, inventait un nouveau moyen de le persécuter, aurait trouvé une excuse pour l'exclure du chœur. De toute façon, quand Harry chantait, on aurait plutôt dit un corbeau qu'un rossignol. Même Tatie Florrie avait été obligée de le reconnaître en l'entendant s'exercer dans la cuisine.

Harry en fut bien triste, mais il se consola rapidement parce que Mr Foggarty décida qu'Akku, Charlie et lui seraient ses assistants, et ça, c'était encore mieux que de faire partie du chœur.

Armé d'un carnet de tickets de tombola, ils se promenaient au milieu des spectateurs. La boîte où ils mettaient l'argent de la vente se remplissait à vue d'œil.

Lolo Gestapo était assise avec ses élèves au bout du deuxième rang. Elle était impeccable, comme à l'accoutumée, vêtue d'une robe de soie bleu et ivoire.

Harry leva les yeux vers le balcon. Au milieu du premier rang, était assis le colonel Priestly, entouré des autres notables. Il portait un de ses costumes de tweed à grands carreaux qu'il affectionnait. Ses cheveux, abondamment gominés, brillaient comme du cuivre.

Les aiguilles de la grande horloge sur le mur s'avançaient vers sept heures et demie... sept heures trente-cinq. Les lumières s'éteignirent. Puis les projecteurs se braquèrent sur le rideau, qui s'ouvrit. Max, dans son rôle de Mr Edward Mann, organisateur de ce gala, apparut sur la scène.

Après avoir souhaité la bienvenue aux spectateurs, il leur expliqua le bon usage qu'on allait faire de leurs dons ; puis il offrit un aperçu de la richesse du programme et, au milieu des applaudissements, laissa la place au maître de cérémonie.

Le spectacle commença. Harry rata les premiers numéros parce qu'il était occupé en coulisse avec Fouillis et Socrate qui devaient participer au numéro de Mister Tolly. Il entendit les chants et les applaudissements, les plaisanteries et les rires du public.

Max avait réussi à faire venir un certain nombre d'amis – des acteurs célèbres et des vedettes de la télévision.

Après un duo de chanteurs, ce fut au tour d'un imitateur. Puis la classe de Harry monta sur scène et entonna un chant de Noël. Le public applaudit à tout rompre.

« Et maintenant, annonça le maître de cérémonie, magie ! On a vu son nom écrit en lettres de feu ; on l'a vu sur les plus grandes scènes ; on l'a vu à la télévision ! Il est aujourd'hui parmi nous, prêt à nous hypnotiser, un exploit qui vous fera douter de vos propres yeux ! Pour cet homme, les lois de Newton et d'Einstein n'existent pas ! Les ânes disparaissent, les dames flottent dans l'air, les bougies s'enflamment toutes seules et sautent dans leurs chandeliers. Mesdames et messieurs, voici le grand, l'étonnant, l'unique – Autolycus ! »

Mister Tolly prit une profonde inspiration, redressa les épaules, sourit et s'avança dans la lumière des projecteurs.

Une salve d'applaudissements crépita.

Mister Tolly scintillait des pieds à la tête, dans son costume rouge sombre. Ses épaules étaient couvertes d'une cape bleu foncé doublée de blanc. Il portait un chapeau haut de forme. Lentement, il ôta ses gants blancs et les posa sur une table, rejeta sa cape en arrière et remonta ses manches. Puis, il entreprit d'éblouir le public avec un de ces tours les plus merveilleux. D'une balle de ping-pong, il en fit dix. Dix balles de ping-pong se transformèrent en un bouquet de plumes d'autruche. Le bouquet de plumes devint un châle délicat d'où s'échappèrent une, deux, trois, quatre, cinq colombes blanches. Elles s'alignèrent sur un perchoir doré.

Les spectateurs rugirent de bonheur.

Dot était son assistante. Vêtue d'un justaucorps à paillettes, avec une perruque dorée sur la tête, elle amena Socrate sur scène et l'enferma dans une cage dorée. Elle lui donna la moitié d'une pomme, puis ferma la porte et l'entoura d'une chaîne, en tapant sur les barreaux pour en démontrer la solidité. Face au public, Mister Tolly tira les rideaux bleu ciel derrière, sur les côtés et enfin devant. Grâce à des miroirs géants, le public pouvait voir partout à la fois. Puis Dot s'immobilisa et le magicien s'avança.

« Abracadabra ! » cria-t-il en effectuant quelques passes magiques.

Et, saisissant une cordelette dorée, il la tira avec emphase. Les rideaux tombèrent à terre. Socrate avait disparu, remplacé par un chien : c'était Fouillis. Mister Tolly pénétra dans la cage, attacha une laisse au collier scintillant et le conduisit devant le public.

Les applaudissements éclatèrent.

Derrière Mister Tolly, on enleva la cage.

« Je me demande ce qu'est devenu l'âne, dit-il en se grattant la tête. Vous ne l'avez pas vu, les enfants ?

— Nooon !

— Vous en êtes sûrs ?

— Ouuuuii !

— Le chien l'a peut-être mangé », suggéra-t-il en regardant Fouillis.

Ils hurlèrent de rire.

« Bon, on le verra peut-être réapparaître avant la fin du spectacle. À présent, continua Mister Tolly, j'ai besoin d'un volontaire. »

Des mains enthousiastes se levèrent. L'illusionniste regarda autour de lui, puis fixa son regard vers le balcon.

« Colonel Priestly ! Merci ! s'exclama-t-il, bien que celui-ci n'ait pas levé la main. Voulez-vous me rejoindre sur scène ?

— Non, non, répondit le colonel.

— Venez, monsieur, insista Mister Tolly avec entrain. Vous êtes bien connu pour votre sens de la charité. Venez vous amuser. »

Le colonel tenta d'esquiver, désespéré. Il ne voulait pas monter sur scène avec ce magicien.

« Allez ! l'encouragea une voix dans le public.

— Ne vous dégonflez pas ! » s'exclama quelqu'un d'autre.

Six cents visages se tournèrent vers lui.

« Vous les entendez, monsieur. C'est vous qu'ils veulent ! insista Mister Tolly avec un sourire rayonnant. Venez, permettez à la ville d'applaudir votre générosité.

— Nous voulons Priestly ! » cria la voix reconnaissable entre mille de La Barak.

Le cri fut repris par tous les spectateurs.

Le colonel Priestly ne pouvait plus se défiler. Il se leva en souriant pour masquer la haine que lui inspirait l'homme qui l'obligeait à ce numéro.

« Et maintenant, annonça Mister Tolly, en attendant que le colonel arrive jusqu'ici, je vous présente mon assistante – la brillante, la scintillante, la resplendissante, l'unique Dotty Lalouette ! »

Pendant deux minutes, Dotty fut à elle seule un feu d'artifice d'acrobatie, enchaînant les roues et les doubles sauts périlleux. Les spectateurs éclatèrent en applaudissements. Aussi fraîche qu'une poupée, Dot s'inclina. Puis, à bout de souffle, mais heureuse, elle descendit au-devant du colonel.

« S'il se passe quoi que ce soit, Dotty Lalouette, menaça-t-il en souriant de toutes ses dents, tu ne l'emporteras pas en paradis ! Ni toi ni les autres. »

Mister Tolly l'accueillit par une poignée de main.

« Merci de vous être porté volontaire. Pourriez-vous me passer les cartes ? » demanda-t-il à son assistante.

Dot lui apporta un paquet géant, de près d'un mètre de long.

« Et l'écharpe. »

Elle étendit une écharpe en soie bleu ciel sur la table.

« Merci », dit Mister Tolly en lui baisant galamment la main.

Dot se retira dans les coulisses.

« Tu les as ? s'inquiéta Tante Bridget.

— Oui, répondit Dot en montrant le portefeuille et le calepin du colonel.

— Parfait. Rentre vite ! Toi aussi, Harry. »

Ils pénétrèrent dans un minuscule vestiaire où les

attendaient Angel et Max. Angel avait un petit appareil photo.

« Max, tu t'occupes du portefeuille, ordonna-t-elle en le lui lançant. Tout ce qui te paraît intéressant, tu le files à Angel. Je m'occupe du calepin. Dot, fais le guet. »

Tante Bridget feuilleta rapidement le carnet à la couverture de cuir.

« Rien... rien... rien. Ah ! Angel... »

Elle le posa ouvert sur un guéridon branlant. Angel se pencha dessus avec son appareil. Flash !

Tante Bridget tourna la page.

« Encore ! »

Flash !

« Et encore ! »

Flash !

Max prit une épaisse liasse de billets de vingt livres qu'il étala sur la table.

« Angel ! »

Flash !

« Harry, ordonna Tante Bridget, descends. Mister Tolly t'indiquera combien de temps il nous reste. Remonte tout de suite. »

Harry obéit. Le magicien avait les yeux bandés. Le colonel montrait une carte géante au public. Derrière son dos, Mister Tolly brandit une cravate. Les spectateurs se mirent à rire. Surpris, Priestly regarda autour de lui mais il n'y avait plus rien à voir.

Mister Tolly se tourna alors vers Harry et leva la main pour remettre son chapeau en place. L'espace d'une seconde, deux doigts se dressèrent.

Harry remonta quatre à quatre.

« Deux minutes », dit-il, hors d'haleine.

Encore quelques photos. Trente secondes plus tard, ils avaient terminé.

Dot récupéra le portefeuille et le calepin.

« Va les remettre en place, dit Tante Bridget. Harry, n'oublie pas Fouillis et Socrate. Angel et moi, on s'esquive par-derrière. On a bien travaillé. À tout à l'heure. »

Dot et Harry foncèrent vers la scène.

« Monsieur, est-ce votre carte ? Le neuf de carreau ? »

Les yeux toujours bandés, le prestidigitateur brandissait une carte. Les applaudissements crépitèrent.

Mister Tolly ôta l'écharpe, salua avec un sourire triomphant puis tendit les accessoires à Dot qui arrivait sur scène.

« Et un grand bravo au colonel Priestly, lança Mister Tolly en posant la main sur son épaule. Il s'est montré sacrément chic. »

Des cris et des sifflements lui répondirent.

« Je vous en prie, répondit le colonel en se dirigeant vers l'escalier pour quitter la scène.

— Pardonnez-moi, monsieur, mais n'auriez-vous pas perdu quelque chose ?

— Non, je ne crois pas, répondit le colonel qui porta la main à la poche de sa veste pour vérifier que son portefeuille et son carnet étaient toujours là. Pas que je sache.

— Un objet... en or ? »

Le colonel regarda son gilet. Sa montre et la chaîne qui la retenait avaient disparu. Levant des yeux pleins de colère, il les vit pendre au bout des doigts du magicien.

Les spectateurs se mirent à rire et il récupéra son bien. Tentant de sourire, le colonel se dirigea de nouveau vers les marches.

Mister Tolly le rappela pour la deuxième fois.

« Désolé. Mais n'auriez-vous pas égaré autre chose ? »

Les joues du colonel s'empourprèrent de fureur.

« Non... (Sa pochette rouge était toujours là.) Je ne crois pas.

— Une cravate aux couleurs d'un régiment ? suggéra Mister Tolly en la tenant à bout de bras. Tout le monde ne le sait peut-être pas, continua-t-il en se plantant à côté du colonel, qui était plus petit que lui, mais le colonel était officier dans l'un de nos meilleurs régiments – le mien, à vrai dire – les grenadiers de la Garde.

— Formidable ! s'exclama Max en riant. Regardez-le. Il ressemble plutôt à un caporal d'opérette. Il lui manque vingt centimètres pour être grenadier.

— Les gens savent ça ? s'enquit Harry.

— Bien sûr. Et Priestly aussi.

— Mister Tolly était vraiment dans les grenadiers ?

— Oui. Les nazis l'ont pris, mais il s'est évadé. On l'a décoré pour son courage. Tu ne l'entendras jamais s'en vanter, lui. Il n'y a que les menteurs comme Priestly pour le faire. »

Sa cravate et sa montre à la main, le colonel commença à descendre les marches. Mais Mister Tolly avait encore une surprise en réserve.

« Oh ! Colonel ! Qu'allez-vous penser de moi ! J'ai failli oublier ! Un dernier petit truc », ajouta-t-il en tapotant ses poches comme s'il cherchait quelque chose.

Priestly était furieux. Mais, avec ces centaines de regards braqués sur lui, il réussit à afficher un sourire crispé en dépit de son visage cramoisi.

« Vous devriez revenir, un tout petit moment...

— Je n'ai plus rien à perdre, affirma le colonel en tapotant son col et ses poches. Tout est là.

— Vous ne croyez pas qu'il devrait revenir ? demanda Mister Tolly au public.

— Si ! » hurlèrent les spectateurs.

Le colonel Priestly remonta les marches et on n'aurait su dire si son rictus était un sourire.

Il s'avança sous les projecteurs. Soudain, il parut vaciller. Difficile de deviner s'il s'était coincé le talon dans une latte de l'estrade ou s'il avait marché sur son revers de pantalon. Ce qui arriva, en revanche, c'est que, sans prévenir, il se retrouva brusquement le pantalon sur les chevilles. Il poussa un cri et tenta de le rattraper – trop tard. Le public effaré découvrit les pans de sa chemise, ses grosses jambes blanches barrées de fixe-chaussettes et un caleçon géant imprimé de filles en bikinis.

Il se pencha vivement pour rattraper son pantalon. Dans sa hâte, il se prit le pied dans la ceinture. Il trébucha, sautilla et se rattrapa à Mister Tolly.

Resplendissant dans son costume écarlate, le prestidigitateur brandit une paire de bretelles voyantes. Rageusement, tandis que les rires éclataient dans la salle, le colonel remonta son pantalon, arracha ses bretelles des mains de Mister Tolly et fila dans les coulisses. Il était blême de colère, au bord de l'apoplexie.

Harry le regarda passer.

Le colonel s'arrêta pour lui lancer un regard meurtrier.

« Tu as ri, mon petit gars ! siffla-t-il. Tu me le payeras ! Toi et tes criminels de copains !

— Casse-toi, Priestly ! menaça Max, dont les cheveux étaient encore ornés de quelques mèches grises. Si tu te mêles de nos affaires, tu vas tomber sur un os ! »

Le colonel leva le poing, prêt à frapper, mais se ravisa.

« Vieux taulards séniles ! On devrait tous vous enfermer ! »

Cramponné à sa montre, sa cravate et son pantalon, il s'enfuit en courant dans le couloir.

Harry et Max le regardèrent partir.

« Mister Tolly, quelle merveille ! dit Max en regardant le magicien qui essayait de se faire entendre au milieu des rires déchaînés de l'assistance. On peut être fiers de lui, non ?

— J'espère », répondit Harry, dubitatif.

19

Revanche à l'aube

À huit heures moins le quart, le dimanche matin, Harry fut réveillé par un grand tumulte dans l'escalier qui menait à sa chambre. Des gens criaient. On entendait des bruits de bagarre.

Il faisait encore nuit. Engourdi de sommeil, il alluma sa lampe de chevet.

Les cris continuèrent et le palier s'éclaira. Des pas lourds montaient vers sa chambre. Inquiet, Harry s'assit au bord de son lit.

Fouillis se mit à aboyer. Les pas et les voix atteignirent le palier. La porte s'ouvrit à la volée.

Un grand policier entra le premier. Il était suivi par deux femmes que Harry n'avait jamais vues :

une grosse, d'une quarantaine d'années, avec une ombre de moustache, et une autre, jeune et boutonneuse. Derrière, venaient Tante Bridget et Mrs Good, et, fermant la marche, un autre policier.

« Pas de discussion, dit la plus âgée. Il doit venir avec nous. J'ai un ordre du juge !

— C'est ridicule ! protesta Tante Bridget. On ne vit pas sous une dictature. Vous voyez bien qu'il est chez lui ici. Il est propre, il est en bonne santé, il est heureux, il est bien élevé et il fréquente l'école régulièrement. Qu'y a-t-il de mal dans la façon dont nous l'élevons ? Regardez sa chambre. »

Ils examinèrent la vaste pièce, avec ses poutres, le Gauguin et le tableau le représentant sur sa charrette, son cartable sur la table, ses vêtements sur le dossier d'une chaise.

« En haut d'une vieille tour en pierre ! s'exclama la moustachue. Tout seul ! Ce n'est pas normal. Et s'il y avait un incendie ?

— Une échelle de corde est placée sous son lit. Les services de sécurité sont venus vérifier.

— Et ce vieux bâtard ! relança la boutonneuse d'une voix criarde. Doit avoir des puces. Il dort sur son lit. C'est pas sain !

— C'est son chien ! rétorqua vertement Mrs Good. Y'en a pas de plus gentil que Fouillis dans toute l'Europe !

— Ce n'est pas ce que j'ai entendu dire, répliqua

la moustachue. Selon notre rapport, il a attaqué un propriétaire de la région et l'a mordu gravement. Si cette personne a cru bon de déposer une plainte, alors, il faudra sans doute se débarrasser de ce cabot. »

Elle tendit la main vers Fouillis qui recula, les babines retroussées.

« Qu'est-ce que je disais ? » ajouta-t-elle en notant quelque chose sur son carnet.

Les policiers paraissaient compatir. L'un regarda avec intérêt les dessins de Harry et l'autre haussa les épaules d'un air d'excuse.

« Je suis désolé, nous n'avons pas le choix. C'est un ordre du juge. Ce garçon doit partir avec les assistantes sociales.

— C'est pour son bien, affirma la boutonneuse. Nous avons reçu des plaintes. Une maison pleine d'anciens prisonniers. Tous retraités. Pas un endroit pour élever un jeune garçon.

— Mauvais exemple ! Mauvaise influence ! renchérit la moustachue.

— Comment osez-vous prononcer de telles paroles ? s'emporta Tante Bridget. En quoi notre éducation est-elle mauvaise ? Il a un parc dans lequel jouer. Des animaux. Une maison pleine de gens qui le chérissent tous comme leur petit-fils. Il fait ses devoirs régulièrement. Il n'existe pas la moindre preuve d'une quelconque mauvaise influence. Il est venu ici à la mort de ses parents. Nous sommes ravis qu'il soit là. Les mots ne suffisent pas pour exprimer le bonheur qu'il nous a apporté. Il a un foyer stable et aimant, et vous voulez tout casser. C'est cruel de faire cela.

— Nous ne sommes pas là pour discuter, coupa la moustachue. D'après ce que nous savons, il y a des preuves de maltraitance. Il est parfois couvert de bleus. Sur les jambes et le dos, ajouta-t-elle en consultant son dossier.

— Maltraitance ! Tout le monde ici serait prêt à mourir pour lui ! Maltraitance ! S'il a pris quelques bleus, c'est le football. C'est un garçon plein de vie. Et La Bara... Miss Karsavina lui enseigne la lutte.

— Le football ! La lutte ! C'est vous qui le dites ! Nous verrons le diagnostic du médecin.

— Et tout le monde n'est pas d'accord pour confirmer qu'il est poli et bien élevé, renchérit la boutonneuse.

— On sait de qui vous parlez, fit Mrs Good. C'est son horrible professeur, cette Miss McMaton.

— Et notre voisin, le colonel Priestly, demanda Tante Bridget. Ce sont eux qui sont derrière tout ça. C'est lui le juge qui a tout manigancé, non ?

— Il ne peut pas s'attaquer à nous, alors il se venge sur le gosse après ce qui s'est passé au spectacle », reprocha Mrs Good.

Les assistantes sociales ne répondirent pas.

« Je l'ai su à la seconde où je vous ai vus, assura Tante Bridget. On en reparlera bientôt, de ce cher colonel, ajouta-t-elle avec un sourire sinistre. Et le directeur du collège, qu'est-ce qu'il en pense ? Et les autres professeurs ? Et le chauffeur du bus ?

— Je vous l'ai déjà dit, riposta la moustachue, nous ne sommes pas là pour discuter, mais pour exécuter les ordres d'un magistrat. Ce garçon doit venir avec nous, tout de suite.

— Et la police est là pour s'assurer que nous accomplissons notre devoir », ajouta l'autre.

Les jeunes policiers s'agitèrent, mal à l'aise.

« Les services sociaux veilleront à ce qu'il soit correctement pris en charge pendant le temps de l'enquête, reprit la moustachue. Vous pourrez porter plainte à ce moment-là.

— Allez, s'énerva la boutonneuse en se tournant vers Harry. Va t'habiller. Tu as une valise ? »

Harry regarda Mrs Good.

« Non, nous avons jeté la vieille avec laquelle il est arrivé.

— Des sacs en plastique feront l'affaire, ordonna-t-elle en fouillant dans son cabas.

— Pas question ! s'exclama Mrs Good. Ne touchez à rien ! »

Un quart d'heure plus tard, Harry se retrouva

dans le jardin, habillé et muni d'une valise bleue. Il faisait un beau froid sec.

« Pour l'instant, il n'y a rien à faire, Harry, constata Tante Bridget en retenant ses larmes à grand-peine. Mais je te promets de remuer ciel et terre pour que tu puisses rentrer à la maison le plus rapidement possible.

— Tiens, paye-toi des bonbeks avec ça », dit Les Doigts en lui glissant un billet de dix livres tout froissé dans la main.

Le billet enveloppait quelque chose de métallique. C'était les crochets.

« Chut ! souffla Les Doigts qui tournait le dos aux assistantes sociales. Ça peut être utile !

— Merci ! répondit Harry en les fourrant dans la poche de son pantalon.

— Ça suffit comme ça, grogna la boutonneuse. Fais tes adieux et en voiture ! »

Les policiers montèrent dans leur Panda. La moustachue ouvrit la portière arrière d'une vieille Volkswagen poussiéreuse. Elle repoussa un tas de couvertures et de vêtements usagés pour faire de la place.

Harry la regarda. Il ne voulait pas monter dans cette sale bagnole avec ces deux sales bonnes femmes.

Brusquement, sans réfléchir, il prit ses jambes à

son cou. Il traversa en courant la pelouse gelée et s'enfonça dans le bois.

« Reviens ! criait-on derrière lui. Non, Harry, non ! Attrapez-le ! Attrapez-le ! »

Harry filait comme le vent. Mais c'était une chose de semer Priestly la Brute et Lolo Gestapo, c'en était une autre de se débarrasser d'un jeune policier. Il jeta un œil par-dessus son épaule. Son poursuivant avait perdu sa casquette et chaque foulée le rapprochait de Harry.

Il s'enfonça dans le sous-bois, le policier sur les talons. Comme un lièvre, Harry fit demi-tour et repartit dans une autre direction. Son poursuivant poussa un cri et dérapa dans un buisson de ronces.

Mais il finit par le rattraper et, d'une main ferme, le saisit par le col de son anorak. Harry se tortilla comme une anguille et le blouson resta entre les mains du policier. Harry repartit d'où il venait.

Brutalement, il se prit la cheville dans une racine. Fauché en pleine vitesse, il tomba à plat, le nez dans les feuilles gelées.

L'agent le prit alors par le bras.

« Dis donc ! fit-il hors d'haleine. Tu es un champion de course à pied ! »

Harry leva les yeux, à bout de souffle.

« Ne t'inquiète pas, dit gentiment l'homme en s'effondrant à côté de Harry. Avec un peu de chance, tu seras revenu en moins de deux. C'est formidable ici, ajouta-t-il en regardant autour de lui. Ça m'aurait plu à ton âge. »

Harry réussit à sourire.

« Des vraies mégères, ces assistantes sociales, hein ? » remarqua le policier.

Ils se reposèrent une minute avant de rebrousser chemin vers les voitures.

« Un petit gars vraiment gentil, affirma l'agent aux assistantes sociales. On ne peut pas lui en vouloir d'avoir essayé. Alors, pas d'histoires, hein ? Et occupez-vous correctement de lui. Je n'ai pas l'intention de le laisser tomber. »

Harry lança un au revoir à ses amis et monta dans la Volkswagen qui puait le tabac froid. La portière claqua. Il essaya la serrure, mais elle était fermée de l'extérieur.

Il s'effondra sur la banquette, submergé de tristesse. Il laissait derrière lui tout ce qu'il aimait : son foyer, ses amis, son chien, ses copains, les bois. Où l'emmenaient donc ces horribles bonnes femmes ?

Puis, en fourrant les mains dans ses poches, il sentit le billet de dix livres tout froissé et l'acier lisse des crochets.

20

Félon Grange

La Volkswagen roula pendant une dizaine de minutes avant de s'engager dans une allée imposante. Des grilles en fer forgé se dressaient devant eux. En lettres d'or, était écrit :

FÉLON GRANGE
PROPRIÉTÉ PRIVÉE

La boutonneuse descendit de voiture pour aller parler dans un interphone. Une caméra de sécurité suivait le moindre de ses gestes. Les grandes grilles noires s'entrouvrirent pour les laisser passer et se refermèrent derrière eux.

Il fallut un certain temps à Harry, effondré sur la banquette, pour se rendre compte qu'ils étaient dans une propriété. Devant eux, au bout de l'allée, se dressait un splendide manoir.

Il regarda derrière lui. La voiture de police était repartie. Ils étaient seuls.

La vieille Volkswagen vint se garer devant un somptueux portique aux hautes colonnes.

« Reste là au cas où le gamin tenterait quelque chose. »

La moustachue alla sonner. La porte s'ouvrit au bout d'un certain temps et un domestique apparut. Ils échangèrent quelques mots. La porte se referma.

L'assistante sociale attendait.

Harry regardait.

La porte se rouvrit. Une silhouette en sortit. C'était un homme, vêtu d'une robe de chambre en soie verte, un cigare à la bouche.

Le colonel Priestly.

Avec un mauvais sourire, il observa la voiture.

« Smithy ! GBH ! »

Presque aussitôt, deux domestiques costauds arrivèrent en courant. Le colonel leur parla, regarda encore Harry avec son méchant sourire, puis retourna dans la chaleur de la maison.

Suivie de Smithy et de GBH, l'assistante sociale revint vers la voiture et fit signe à sa collègue d'ouvrir la fenêtre.

« Il veut nous parler. Dispositions spéciales pour celui-là. Deux cents livres pour nous, ajouta-t-elle à voix basse. Ces deux-là vont se charger de lui. »

Elle ouvrit la portière et saisit Harry par le bras.

« Sors, tu vas avec eux. »

Harry résista.

« Pas de ça, mon gars. Sors !

— Non ! Je refuse ! protesta Harry.

— Bon sang ! On va pas employer la force, quand même !

— Poussez-vous, brailla un des domestiques en la bousculant. Toi, viens ici ! »

Il tira Harry hors de la voiture. Harry s'arc-bouta, entraînant avec lui la moitié des couvertures et des vieux vêtements.

« Arrête ton cirque ou tu vas t'en manger une ! » grogna l'homme en levant une main épaisse comme un battoir.

Harry lui allongea un coup de pied. Il se prit aussitôt un coup qui lui dévissa à moitié la tête.

« Smithy, attrape-lui les pieds. Moi je prends de l'autre côté », ordonna l'homme.

Harry eut beau se débattre, entre leurs mains fortes, il était impuissant. Hurlant, il fut hissé en haut de l'escalier et franchit le seuil de Félon Grange.

Le colonel Priestly l'attendait dans le hall, une tasse de café chaud à la main.

« Qu'est-ce qu'on fait de lui, colonel ? cria celui qui s'appelait GBH, pour se faire entendre par-dessus les cris de Harry.

— Fais-le taire, bon sang ! Bâillonne-le. Tiens, prends ça », dit-il en lui tendant un chiffon à poussière jaune qui traînait sur une table.

Le chiffon, roulé en boule, fut poussé de force dans la bouche de Harry.

« Ah ça va mieux ! On s'entend penser, au moins. »

Les deux assistantes sociales attendaient sur le seuil.

« Regardez-les ! s'exclama le colonel d'un ton méprisant. Des vraies sorcières ! Entrez, entrez donc ! Ne laissez pas partir toute la chaleur. »

Elles obéirent.

« La cuisine, c'est par là-bas, ajouta-t-il. Allez-y, on vous servira quelque chose. Je vous y rejoins tout de suite.

— Y'a qu'à le mettre dans la cave, colonel, proposa GBH.

— Quoi, avec tout mon vin ? Réfléchis un peu. Non, va le mettre dans ce placard vide au premier. Celui qui n'a pas de fenêtre. Et verrouille bien la porte. En attendant qu'on décide de ton sort, ajouta-t-il en se tournant vers Harry.

Voyons voir : prêt à prendre la fuite... donc il faut l'enfermer... dans un établissement pour enfants. Humm ! La prison de la Bonne Raclée devrait faire l'affaire. Charlie Hobnail me doit un service. Qu'en penses-tu ? demanda-t-il à Harry. On te rase le crâne et on t'enferme avec des mômes qui ont l'habitude de se balader avec des couteaux et des coups-de-poing américains. Plus vieux que toi. Tous condamnés pour vols et violences, pour meurtres même !

— Nnnn ! Agghhh !

— Dix jours là-bas, le temps qu'on te fasse passer devant le tribunal. Ensuite, on t'expédie à l'autre bout du pays. Dans un orphelinat sordide. Ou dans une famille d'accueil immonde. Avec un de mes contrôleurs judiciaires pour s'occuper spécialement de toi ! Ça t'apprendra à te moquer de moi et à me bombarder d'œufs pourris ! Je t'avais pourtant prévenu ! Emmenez-le ! » ordonna-t-il.

Harry fut traîné sur les marches du superbe escalier. Smithy ouvrit une porte et GBH le balança dans une pièce obscure. Il réussit à cracher le chiffon à poussière et bondit, mais la porte se referma sur lui. La clé tourna dans la serrure.

Il faisait noir comme dans un four.

Il se mit à tambouriner.

« La ferme ! ordonna Smithy. Si tu continues, j'viens t'en coller une ! Fais gaffe ! »

Harry avait encore l'oreille brûlante du coup assené par GBH. Leurs voix s'éloignèrent.

Une vague lumière passait autour de la porte. Il explora le mur à tâtons. Il devait bien y avoir un interrupteur quelque part. Il le trouva et la lumière brutale d'une ampoule nue envahit la pièce.

Il y avait là deux meubles, une armoire et une commode de style. Harry les examina. Elles étaient toutes deux vides, à l'exception d'un costume à carreaux sur un cintre. Pas de doute sur l'identité de son propriétaire. Jetant la veste et le pantalon à terre, il se mit à les piétiner. À coups de talons rageurs, il en fit de la charpie.

Puis, sortant les crochets de sa poche, il s'attaqua à la commode dont il entailla profondément le vernis. Il passa ensuite au papier peint, qu'il mit en lambeaux.

Ces actes de vandalisme – les seuls qu'il commît jamais – l'empêchèrent un moment de réfléchir. Mais dès qu'il s'arrêta, l'horreur de sa situation le submergea. Il fallait tenter quelque chose.

Il vint appuyer son oreille contre la porte. Tout était silencieux.

Il regarda par le trou de la serrure. Parmi les crochets, se trouvait un passe, idéal pour faire tomber la clé. Il l'introduisit dans la serrure et le fit tourner, en appuyant doucement. En trente secondes, la clé glissa et atterrit doucement sur le tapis du couloir.

Harry choisit alors un autre crochet. Les gorges de la serrure se soulevèrent et celle-ci, bien huilée, s'ouvrit. Il remit les outils dans sa poche et ôta ses chaussures. Tout était calme. Centimètre par centimètre, il entrebâilla la porte.

Le couloir était désert. Ses chaussures à la main, il se faufila dans la chambre la plus proche, referma la porte derrière lui et se dirigea vers la fenêtre. C'était haut, beaucoup trop pour sauter. Il l'ouvrit et examina le mur de la maison. Pas la moindre gouttière, pas la plus petite aspérité. Déçu et mort de peur, il referma.

Pas plus de chance avec la deuxième chambre. Ni avec la troisième.

Il ne restait plus que l'escalier.

Le couloir était toujours vide. L'épaisse moquette amortissait ses pas. Le hall était vide, lui aussi. Il entendait au loin des gens rire et parler. Cramponné à la rampe, il entreprit de descendre.

Il arriva en bas, regarda à droite et à gauche et traversa le hall en courant jusqu'aux portes en verre dépoli. Elles se refermèrent derrière lui. Il ouvrit avec précaution la grosse porte d'entrée. Le gigantesque portique était vide. Personne dans la cour. Puis, derrière la fontaine, il aperçut une voiture de sport rouge qui remontait l'allée à vive allure.

Lolo Gestapo !

Aucune chance de ne pas être vu. Et la route était presque à deux kilomètres. Dès que l'alarme serait donnée, Smithy et GBH le rattraperaient avant qu'il puisse y arriver. Harry fit marche arrière et referma la porte.

Le hall était toujours désert. Il regarda à droite et à gauche, puis se précipita silencieusement dans un couloir. Peut-être pourrait-il s'échapper par une fenêtre sur l'arrière de la maison.

Quelques minutes plus tard, la porte d'entrée s'ouvrit bruyamment. Lolo Gestapo. Il y avait une porte à côté de lui. Harry n'avait pas le choix. Abaissant la poignée, il se glissa dans la pièce.

C'était une bibliothèque. Le parquet était recouvert de somptueux tapis et deux canapés en cuir faisaient face à la cheminée où brûlait un bon feu. Une voix, brutale, résonna dans le silence.

« Espèce d'idiot ! Je vous ai pourtant répété de ne jamais entrer ici sans frapper ! »

Le colonel Priestly était debout devant les étagères, lui tournant le dos. Il tenait un gros livre à la main.

Harry se pelotonna derrière le canapé.

Le colonel rangea son livre et se retourna. Personne ! Puis il aperçut la tête de Harry.

« Toi ! Mais comment diable... »

Il se précipita sur lui, les mains tendues.

Harry bondit hors de sa cachette et courut vers la porte.

« Viens ici ! Je vais te briser tous les os ! »

Harry ouvrit la porte et fonça dans le couloir.

Lolo Gestapo était là, les yeux écarquillés.

Harry fila dans l'autre direction, le colonel sur les talons.

Une autre porte ouverte. Une véranda remplie de fleurs. Il se jeta sur la porte. Fermée. Il tourna la clé mais rien ne se passa. La porte était verrouillée !

Grognant comme un sanglier, le colonel chargea. Harry se planqua derrière un fauteuil en rotin que Priestly envoya valser d'un revers de main. Harry courut jusqu'au canapé et attrapa un accoudoir. Le colonel s'empara de l'autre et tira. Harry résista. Le colonel insista, de toutes ses forces, et arracha le meuble des mains de Harry. Les coussins volèrent dans les airs. Le colonel vacilla et tomba en arrière, prenant le canapé sur la tête. On l'entendit pousser des jurons abominables.

Harry courut dans le couloir.

Lolo Gestapo lui tomba alors dessus, le visage

déformé par la colère. Elle lui assena un bon coup de sac sur la tête et agrippa son col de ses ongles rouges. Il avait beau se débattre, elle était forte. Il perdit l'équilibre et s'écroula. Déconcertée, elle lâcha prise. Il en profita pour lui échapper, à quatre pattes. Elle le rattrapa par le pan de sa veste. Il la lui arracha. Poussant un cri, elle se lança à ses trousses.

Derrière elle, le couloir était plein de monde : le colonel, complètement dépenaillé, Smithy, GBH et les deux assistantes sociales.

Comme un lapin poursuivi par une meute de chasseurs, Harry s'enfuit. Un escalier étroit s'ouvrait devant lui. Il escalada les marches quatre à quatre.

Lolo Gestapo le talonnait. Ses doigts comme des serres agrippèrent une jambe de son pantalon. L'autre main se referma sur sa cheville. Harry s'étala de tout son long sur l'escalier. Il eut beau s'accrocher au tapis, il se sentit tiré en arrière. Il se mit à gesticuler pour lui échapper. Mais Lolo Gestapo le souleva. La jambe qu'elle tenait se tordit et le genou fit un bruit sinistre – crac ! Harry poussa un cri et lâcha tout. Il tomba en arrière sur Lolo Gestapo. Elle perdit l'équilibre. Ils roulèrent l'un sur l'autre jusqu'au pied de l'escalier.

Lolo Gestapo était échevelée, mais elle n'était pas

blessée. Elle le tenait toujours aussi fermement. Elle l'attrapa triomphalement par le col.

Harry grinça des dents. Son genou lui faisait terriblement mal. Submergé de douleur et de désespoir, il regarda les visages grimaçants qui l'entouraient.

21

La prison de la Bonne Raclée

Le centre pour jeunes délinquants de Seafield était situé à cent cinquante kilomètres de La Thôle, à la limite d'une grande ville industrielle. C'était un sinistre bâtiment du dix-neuvième siècle, entouré par un haut mur de pierres noircies, qui avait jadis été une prison. Il y avait des barreaux à toutes les fenêtres et les portes épaisses étaient blindées. Récemment, on avait aménagé des terrains de sport. Ils étaient clôturés par des grillages électrifiés surmontés de barbelés. Personne n'appelait jamais cet endroit Seafield, car il était universellement connu sous son ancien nom, la prison de la Bonne Raclée.

La chambre de Harry était au troisième étage et

donnait sur la cour. Les murs étaient blancs, le lit métallique recouvert d'une couette rouge. Dans un coin, on avait posé un seau qui servait de toilettes pendant la nuit. L'ampoule était protégée par du verre épais et des arceaux métalliques pour empêcher les garçons de se blesser. Quelques livres traînaient sur une étagère, ainsi qu'une petite radio qui ne fonctionnait plus. Pour tout mobilier, une table et une chaise. De la fenêtre, on voyait une jungle de rues pouilleuses où se profilaient des ateliers, des usines et des cheminées d'où montait de la fumée.

À son arrivée le dimanche midi, Harry avait été emmené dans une autre voiture directement à l'hôpital. À l'évidence, il avait le genou luxé. On lui fit une radio puis, tandis que des infirmières le maintenaient sur la table, un médecin le lui remit en place d'un coup sec.

« Il va rester raide un petit moment, lui expliqua le docteur, mais je crois qu'il n'y a rien de déchiré. Porte cette genouillère et marche le moins possible. Tout ira bien. On va te prendre pour un footballeur », ajouta-t-il en ébouriffant les cheveux de Harry.

Au retour, on lui confisqua ses vêtements et ses outils à crocheter les serrures et on lui fit prendre une douche. Puis on lui remit un uniforme sortant du blanchissage : un pantalon bleu marine, une chemise bleue et un pull-over bleu marine avec les initiales C.J.D.S. (Centre pour jeunes délinquants de Seafield), ainsi qu'une paire de chaussures noires. Ensuite, on l'emmena chez le coiffeur qui vérifia qu'il n'avait pas de poux et qui lui coupa les cheveux à ras. Enfin, on le conduisit dans sa chambre, où on lui donna du thé et un sandwich, première nourriture depuis la veille au soir. Dès qu'il eut fini, un gardien l'escorta jusqu'à la pièce commune.

Harry n'était pas rassuré – le plus jeune dans une prison de jeunes délinquants !

Heureusement, il n'avait rien à craindre. Les garçons – des grands avec la voix cassée et de la moustache – l'accueillirent gentiment. Ils lui demandèrent pourquoi il était là et, à leur tour, racontèrent leurs histoires. Ils lui prêtèrent des bandes dessinées et lui proposèrent de jouer aux dames et au Monopoly. Ils lui racontèrent des blagues atroces et discutèrent football. Parce qu'il boitait, ils empêchèrent les autres de le bousculer dans le réfectoire.

En dépit de leur gentillesse, Harry détestait être là. Il détestait les deux femmes qui l'avaient amené. Il détestait M. Hobnail, le directeur, qui avait des grosses mains poilues et dont l'haleine sentait le cachou. Il détestait la façon dont les gardiens criaient sans arrêt. Il détestait être enfermé. Il détestait le seau et les barreaux de la fenêtre. Il détestait l'idée d'avoir été vaincu par Priestly la Brute et Lolo Gestapo ; que ses amis ignorent où on l'avait emmené ; et tandis qu'il attendait là, impuissant, c'était l'immonde colonel et les gens qu'il tenait sous sa coupe qui décidaient de son avenir.

Dix jours, avaient-ils dit. Prison à vie.

La troisième nuit, Harry ne parvint pas à s'endormir. Il avait mal à la tête et n'avait rien avalé de son dîner. Il pensa même qu'il allait vomir. Il était couvert de sueur.

Comme à l'accoutumée, la porte de sa chambre avait été verrouillée à neuf heures. À dix heures, extinction des feux. Vêtu de son épais pyjama d'uniforme, il restait là, malheureux, à contempler les phares des lointaines voitures qui venaient rayer le plafond. Dehors, la tempête faisait rage.

Une cloche sonna. Une heure. Des souvenirs l'empêchaient de sombrer dans le cafard : les réceptions de ses parents à Hampstead ; monter à califourchon sur le dos de Chalky ; le Vieux Gogo ; la Norton qui rugissait dans les chemins ; pêcher en plein été ; Mister Tolly sur scène ; jouer au football avec Akku et...

Soudain, par-dessus le gémissement du vent, il entendit un bruit.

Tap tap.

Harry, surpris, se redressa. D'où cela venait-il ? Pas de la fenêtre, il était au troisième. Pas de la porte, à coup sûr. Son imagination, probablement.

Il se recoucha.

Tap tap !

Cette fois, pas de doute. Harry s'assit d'un bond au bord du lit.

Tap tap tap !

Cela venait de la fenêtre. Il y avait quelque chose à l'extérieur, une forme sombre se détachait contre les lumières de la ville. Mais... il était à quinze mètres du sol !

Légèrement énervé, il traversa la pièce.

« Harry ! »

Il y avait un visage à la fenêtre. Un petit visage, avec un halo de cheveux blancs qui s'échappaient d'un bonnet de laine.

« Dot !

— Chut ! fit-elle en posant un doigt sur ses lèvres qui ajoutèrent silencieusement : Tu peux ouvrir la fenêtre ? »

Il obéit. La tempête s'engouffra dans la chambre. Harry frissonna.

« Comment as-tu su que j'étais là ? Ils ont prétendu...

— C'est le flic qui nous a prévenus. Écoute, on va...

— Comment as-tu deviné laquelle était ma fenêtre ?

— J'ai passé la moitié de la nuit sur un toit là-bas avec une paire de jumelles... Bon, écoute, on va...

— Comment es-tu montée ?

— Eh, on ne m'appelle pas l'Araignée pour rien, mon petit chou. Mais on n'a pas le temps de discuter. On va te sortir de là. Les Doigts et La Barak sont avec moi, et tes tantes t'attendent dans la voiture. Tu vas vite t'habiller. Et, dis-moi, si on scie un barreau, tu pourras te faufiler par le trou ?

— Oui, répondit-il sans réfléchir.

— Parfait. J'ai une corde, on va monter l'échelle de nylon. Pas de problème. Referme la fenêtre et, dès que tu es prêt, appuie une couverture dessus. »

Harry s'habilla en deux minutes. L'échelle de nylon était déjà installée et Dot avait disparu. Au moment où il prenait sa couette, Les Doigts surgit. Il sourit d'un air assuré, puis sortit de sa poche une burette d'huile et une petite scie. Il s'attaqua aussitôt au barreau central, faisant entendre un léger crissement.

Harry monta sur la chaise et masqua la fenêtre avec sa couette afin d'amortir le bruit. Il sentit revenir la nausée et le vertige.

Le bruit continua pendant cinq minutes puis on entendit un petit *clink*. Harry attendit un moment, puis risqua un œil. Les Doigts était parti. Il examina le barreau. Dans l'obscurité, il paraissait intact.

Il ouvrit la fenêtre. L'échelle était tendue, quelqu'un grimpait. Lentement, surgit une énorme silhouette qui vint masquer les lumières de la ville.

« Oh, bon sang ! gémit La Barak. Escalade plus facile pour petit écureuil comme Dot que pour gros ours de Sibérie comme moi ! Salut, Harry ! On va sortir toi de là. Recule. »

Elle se cala les pieds, prit un des barreaux dans la main gauche et celui que Les Doigts avait scié dans la main droite. Ses muscles se gonflèrent et un petit gémissement lui échappa. Lentement, l'épaisse barre de fer se tordit et monta, toujours plus haut, jusqu'à former un espèce de crochet sur le mur.

« Parfait ! chuchota La Barak. Passe devant moi. »

Harry glissa ses épaules dans la brèche et se hissa à l'extérieur.

« Aïe ! »

Sa jambe blessée se tordit, lui faisant un mal de chien.

« Ça va ?

— Mon genou !... Laisse, je vais y arriver. »

Grinçant des dents, Harry réussit à s'extirper de la fenêtre. Il se sentait faible et transpirait à grosses gouttes. Il se retrouva pendu par les mains, en pleine tempête. Le froid chassa le vertige. De sa jambe valide, il chercha l'échelle de nylon et s'y agrippa.

Ce ne fut qu'à ce moment que Harry se rendit compte qu'à chaque fenêtre se pressait un visage. Un signal était passé de cellule en cellule. Les jeunes malfrats qui étaient devenus ses amis avaient surveillé toutes les étapes de l'évasion. Personne n'avait vendu la mèche.

« Bonne chance ! murmuraient-ils. À bientôt !

— Merci ! Bonne chance à vous ! » répondit Harry.

Il se retrouva dans un coin sombre de la cour, en compagnie de Dot et de Les Doigts. L'échelle tangua sous le poids de La Barak. Puis Dot tira sur une corde qui pendait. Le nœud à la fenêtre de Harry se défit et l'échelle tomba doucement à terre.

Harry avait très mal au genou et le vent violent le transperçait.

« Viens ! » ordonna Les Doigts.

Les quatre silhouettes courbées traversèrent la cour pour se réfugier dans l'ombre du mur. Dot balança la corde enroulée sur son épaule et commença l'escalade. Une minute plus tard, elle se retrouva assise au sommet et laissa tomber une extrémité de la corde que Les Doigts fixa à l'échelle de nylon. Dot la hissa jusqu'en haut.

Ils attendirent.

« Parfait, chuchota Dot. La voie est libre. »

Harry leva les yeux et prit une profonde inspiration. Il devrait grimper à la force des bras, un seul pied posé sur le barreau.

À mi-chemin, il se sentit épuisé.

« Vas-y ! l'encouragea Dot. Tu te débrouilles très bien. »

Harry reprit son ascension et, dans un dernier effort, s'assit à califourchon sur le mur.

Pendant une minute, il en eut le souffle coupé.

La paroi l'avait protégé de la tempête, qui, à présent, faisait rage autour de lui. Gelé jusqu'aux os, il se sentait vulnérable, ainsi perché sur le mur d'une prison au beau milieu de la nuit.

Une ruelle pleine d'ordures longeait la prison, la séparant d'un terrain vague. La vieille Mercedes, tous feux éteints, était garée là.

Tatie Florrie et Tante Bridget les attendaient, le nez en l'air. Si elles étaient tendues, elles ne le montraient pas.

« Mon chéri ! s'exclama Tatie Florrie. Quelle aventure !

— Comme au bon vieux temps ! renchérit Tante Bridget. Ça ravigote !

— Dot dit que tu es blessé. T'en fais pas, on va te remettre sur pied. »

La Barak et Les Doigts les rejoignirent. Dot remonta l'échelle de corde et la fit tomber de l'autre côté.

« Harry, passe premier », ordonna La Barak.

C'était beaucoup plus facile que de monter. Trente secondes plus tard, il se retrouva à côté de la Mercedes. Il était libre !

« Demain matin, tu nous raconteras tout ! » déclara Tante Bridget sobrement.

Sans succès, il tenta d'échapper à l'étreinte parfumée au Chanel de sa tante Florrie.

En haut du mur, il ne restait plus que La Barak. Elle fit dégringoler l'échelle.

« Mais comment va-t-elle redescendre ? demanda Harry.

— Ne t'inquiète pas pour elle, répliqua Tante Bridget.

— Attention là-dessous ! cria le mastodonte. Garez-vous, si vous voulez pas être écrasés comme crêpes ! »

Écartant les bras, elle se jeta dans le vide. En heurtant le sol, elle effectua plusieurs roulés-boulés et s'arrêta au milieu d'un monceau de canettes et de vieux journaux.

« Ça va ? s'écria Harry en se précipitant vers elle.

— Pas problème, répondit La Barak en se relevant et lissant sa jupe.

— Allez, c'est l'heure de rentrer à la maison, intervint Tatie Florrie. En voiture ! »

Le moteur rugit, les phares s'allumèrent. Ils longèrent la sinistre enceinte du centre.

« Tu peux ralentir une minute ? demanda Harry. Ouvre la fenêtre. »

Se penchant par-dessus sa tante, il fit un signe de la main aux silhouettes vêtues de pyjamas plantées devant les fenêtres de la prison. Des bras pâles lui répondirent à travers les barreaux.

Tatie Florrie accéléra. La Mercedes tourna le coin de la rue. La prison de la Bonne Raclée avait disparu.

22

Le pavillon dans les bois

La tempête était déchaînée et le vent soufflait en rafales. La nuit était d'un noir d'encre. Dans le faisceau de leurs torches, les branches se démenaient comme en plein cauchemar.

Mrs Good, bien emmitouflée dans un imperméable, ouvrait la marche, suivie de Harry et de Tante Bridget. Fouillis venait en dernier.

Il était quatre heures du matin.

Harry se souvint de la chasse au Vieux Gogo. Mais alors, c'était l'été, la lune brillait, et il était en pleine forme. À présent, c'était l'hiver, la forêt était hostile, et il était en fuite. En plus, il était malade : il était perclus de courbatures et sa gorge brûlait.

Ils s'enfonçaient toujours davantage dans les bois de La Thôle.

« Comment te sens-tu ? s'enquit Mrs Good.

— Ça va », cria-t-il.

Mais il se sentit pris de frissons et le vertige l'obligea à fermer les yeux.

« On y est presque ! » l'encouragea Tante Bridget.

Cinq minutes plus tard, ils étaient arrivés à destination. Une forme fantomatique apparut au milieu des arbres. De plus près, cela s'avéra être le pavillon blanc que Harry avait tant de fois visité pendant l'été. Mais, croulant maintenant sous l'épaisse végétation humide, il ressemblait davantage à la demeure du comte Dracula qu'à un petit temple romantique.

Ils franchirent les derniers mètres en courant sous une pluie battante. Les feuilles pourries rendaient le sol glissant.

« À l'intérieur, on a balayé et on a apporté un poêle à mazout », dit Mrs Good.

Elle ouvrit la porte. Une agréable odeur de fumée les accueillit. Après l'agitation de la nuit, ce fut soudain le calme. On se serait cru dans un tombeau, tandis que le vent gémissait et que les branches tambourinaient sur le toit. Le faisceau de leurs lampes troua les ténèbres.

Mrs Good alla allumer une lampe à pétrole. Les

courants d'air firent danser la flamme, projetant des ombres sur les murs de marbre.

Dans la lumière jaunâtre, Harry vit qu'on avait dressé un lit, recouvert d'une grosse couette. À côté, sur un cageot renversé, étaient posés différents jeux et les journaux de football de la semaine. Un deuxième cageot avait été aménagé en lit pour Fouillis.

« J'espère que tu auras assez chaud, dit Mrs Good. Tu n'es pas bien du tout. On ne t'aurait jamais amené ici si cela n'avait pas été indispensable. Mais le lit est bien sec et je t'y ai mis deux bouillottes. »

Harry, épuisé, commença à se déshabiller et elle lui tendit un pyjama chaud.

« Ça ne t'embête pas d'être tout seul ce soir ? Tu n'auras pas peur ?

— Ça ira, répondit Harry en boutonnant sa veste.

— On ne peut pas faire mieux pour l'instant. On ne s'attendait pas à ce que tu sois malade, expliqua Tante Bridget en ramassant ses vêtements épars. À la minute où on découvrira ta cellule vide, la police foncera ici. Priestly va en faire une jaunisse ! » ajouta-t-elle en souriant.

Harry s'installa dans son lit et serra une des bouillottes contre son cœur.

« Il n'y en a pas pour longtemps, reprit Tante

Bridget. Un jour ou deux, pour que l'excitation retombe. Ensuite, on s'arrangera autrement. »

Harry ferma les yeux.

« On va se débrouiller pour que quelqu'un soit toujours ici, déclara Mrs Good. Sauf ce soir – parce que la police voudra sans doute nous voir tous. Tu as une torche à côté de ton lit, ajouta-t-elle en remontant la couette sur ses épaules, mais j'éteins la lampe à pétrole, parce qu'il ne faut pas que la lumière filtre par la fenêtre.

— Mmmm !

— Ta tante Florrie ou moi, on sera là à la première heure demain matin, assura Tante Bridget.

— Mmmm ! »

Les yeux brillants, Fouillis regarda le lit, puis les deux femmes. D'un bond, il sauta aux pieds de Harry et se pelotonna en toute hâte sans leur laisser le temps de protester.

Harry sentit le lit bouger. Il entendit sa tante Bridget parler du colonel, d'une bande, d'une date de livraison. Il n'écoutait pas. Les événements de cette nuit extraordinaire s'enfonçaient dans les brumes du sommeil.

« Il est crevé, le pauvre chou. »

Dix secondes plus tard, Harry dormait à poings fermés.

23

Retour sous la neige

La tempête finit par se calmer et fut suivie par un froid mordant. Vint d'abord le gel qui rendit la terre dure comme du fer. Puis la neige qui transforma les bois en forêt magique.

Harry resta couché deux jours dans le pavillon, somnolant la plupart du temps. Puis il se sentit mieux, un peu mieux. Assis à côté du poêle, il fit d'innombrables parties de poker avec ses amis de La Thôle. Avec son couteau suisse, il sculpta des bateaux à voiles dans des bouts de bois. Boitant encore, il joua dans la neige avec Fouillis. Tard le soir, il se perdit dans des histoires haletantes qui l'emportèrent sur des îles désertes, dans des galaxies inconnues et dans l'excitation des courses de Formule 1.

Tout ceci était fort amusant, mais au bout de cinq jours, Harry s'ennuyait ferme. Se planquer dans le pavillon, échapper à la prison et à la police, l'aventure commençait à perdre de son sel ! Il voulait rejoindre sa tour, prendre un bon bain chaud et s'asseoir dans la cuisine de Mrs Good.

Un matin, il décida de risquer le tout pour le tout. Il éteignit le poêle et enfila son anorak. Prenant une feuille de papier, il écrivit :

Au cas où vous viendriez et où il n'y aurait personne.

Je vais à la maison. Je ferai attention à ce que personne ne me voie.

Harry.

Il laissa le mot sur le cageot, appela Fouillis et sortit dans le matin tout blanc.

Brutalement, il se figea. Une silhouette se dressait sur le chemin enneigé. Un policier en uniforme. À vingt mètres de lui.

Ils s'immobilisèrent tous deux.

Harry, le cœur battant, sentit son genou faiblir. Il ne pourrait pas courir. Il était fait !

Il se passa alors quelque chose d'extraordinaire. Le policier posa un doigt sur ses lèvres – chut ! et ôta sa casquette. Harry reconnut celui qui l'avait poursuivi dans le bois la semaine précédente. Le même qui avait ordonné aux assistantes sociales de prendre soin de lui. Celui qui avait téléphoné à ses tantes pour les prévenir qu'il était à la prison de la Bonne Raclée.

Sans un mot, le jeune homme désigna quelque chose par-dessus son épaule et fit signe à Harry de partir en sens inverse. Harry comprit que les autres n'étaient pas loin. Mais, les yeux écarquillés, il ne bougeait pas.

L'homme répéta ses signaux, d'un air pressé.

Harry finit par hocher la tête. Merci, articula-t-il silencieusement. D'un signe, il appela Fouillis et s'enfonça entre les arbres, dans la direction que lui avait indiquée le policier.

Au bout de deux minutes, il se retourna. Le brave homme avait disparu.

« Il n'y a rien ici ! l'entendit-il crier. Je parie qu'on ne le trouvera pas. »

Harry ne distingua pas la réponse. Il accéléra le pas.

Le bois était splendide, tout à fait irréel, comme un paysage de contes de fées : les branches blanches sur le ciel bleu, les brindilles couvertes de givre, les toiles d'araignée épaisses comme de la ficelle. Le soleil de midi, gros comme une orange, brillait au milieu des arbres.

Harry passa devant le lac gelé, tout blanc et argent. Il en longea la rive. Le bateau à rames, pris dans la glace, était à moitié rempli de neige.

Cinq minutes plus tard, il arriva en vue de La Thôle, solide et rassurante avec la fumée qui montait de ses hautes cheminées. Deux voitures de police étaient garées dans la cour. Harry resta dans le bois pour observer la situation.

Tante Bridget surgit sur le seuil de la serre. Un homme vêtu d'une veste chaude descendit d'un des véhicules. Il entra dans la serre et la porte se referma.

Un agent en uniforme sortit de la tour et se dirigea vers l'autre véhicule. Il dit quelques mots dans une radio puis monta et referma la portière. Sans pour autant démarrer.

Harry frissonna. Il avait mal à la tête. Il n'était pas aussi en forme qu'il l'avait cru.

Apparemment, la police était là pour un petit moment. Harry repartit vers le pré de Chalky. Le cheval blanc hennit et trotta à sa rencontre, les naseaux fumants dans l'air gelé. Harry escalada la barrière, caressa le museau soyeux et se dirigea vers l'écurie. Ça sentait bon le crottin sec, la paille et la sueur de cheval. Il caressa l'encolure de Socrate puis ratissa un peu de paille pour s'installer le plus confortablement possible.

Une heure passa. Harry somnolait.

Le froid le réveilla. Il se leva, les membres gourds, et regarda dehors. La voie semblait libre. Il retourna sur le sentier. Les voitures étaient parties. La police, elle, était peut-être toujours là. Il n'aurait pas été raisonnable d'entrer par la porte. Il fit le tour de la maison, se retrouva dans le potager et se dirigea vers l'arrière.

Une lumière brillait dans la cuisine. Harry jeta un coup d'œil par la fenêtre. Mrs Good faisait la vaisselle. Toc-Toc l'aidait, un torchon sur l'épaule.

Harry tapa au carreau. Ils levèrent les yeux et virent son visage pâle. Mrs Good se précipita.

« Ils sont partis ? chuchota Harry.

— Oui, mon chéri. Viens vite, la porte est ouverte. Hé, s'exclama-t-elle d'un air inquiet, tu as l'air gelé.

— Non, ça va ! Viens, Fouillis. On est chez nous ! »

24

Noël à La Thôle

Aussi loin que remontaient les souvenirs de Harry, ses parents avaient passé Noël à Saint-Moritz, une luxueuse station de ski en Suisse. Ils y avaient beaucoup d'amis. Ils savaient, bien sûr, que Noël est aussi une fête pour les enfants et, tous les ans, ils envoyaient à Harry des cadeaux chers – ou, pour être précis, téléphonaient au plus beau magasin de jouets de Londres, fixaient une somme d'argent, et leur demandaient de bien vouloir choisir et livrer les jeux les plus en vogue chez les jeunes garçons à ce moment-là. Avec ce coup de téléphone plus une grande carte postale qui disait :

Pour Harry
JOYEUX NOËL !
Mille baisers et à bientôt
Papa et Maman

ils estimaient que leur devoir de parents était convenablement rempli et qu'ils étaient libres de faire la fête, de skier, de danser, de rire et de boire du champagne, la conscience tranquille.

Et Harry, en compagnie de Lolo Gestapo, jouait avec ses jouets dans la solitude de la grande maison de Hampstead, attendant impatiemment la reprise des cours.

Cette année, c'était différent. Cette année, Noël était MERVEILLEUX !

Il n'était pas raisonnable qu'il dorme dans la tour, ou dans une autre pièce de la maison. Alors, Toc-Toc construisit en hâte un gigantesque coffre à foin dans la remise où était installé son atelier. Il ajouta un couvercle avec des trous qu'on pouvait rabattre en cas d'urgence et fermer avec un crochet.

Le soir du réveillon, Harry était couché dans son sac de couchage, le couvercle levé, et lisait une bande dessinée à la lueur d'une torche. Une énorme chaussette rouge, tricotée tout exprès par La Barak, était accrochée à un clou.

La porte grinça et Mrs Good entra. Elle portait

une torche dans une main et une cruche de lait chaud dans l'autre.

« Tu es bien, mon chéri ?

— Tout à fait, répondit Harry en souriant.

— Tu as assez chaud ?

— Il fait bon. Je suis comme un coq en pâte.

— Parfait. Bois ton lait pendant qu'il est chaud, et ensuite, éteins ta lampe. Autrement, le Père Noël ne passera pas, ajouta-t-elle en l'embrassant sur le front. Et rabats le couvercle avant de t'endormir. Simple précaution.

— Compte sur moi.

— Bonne nuit, mon chéri. Demain, c'est un grand jour.

— Vous allez ressortir tout à l'heure ?

— Oui, on va aller à la messe de minuit. On s'y rend tous les ans. Mais ta tante Bridget reste là, avec Mister Tolly. Comme ça, tu ne seras pas tout seul.

— Joyeux Noël, Goody.

— Joyeux Noël, mon chéri. »

Harry s'endormit en quelques minutes.

Et soudain, ce fut Noël !

Noël, avec la chaussette de La Barak débordant de jeux, de livres, de bonbons et de fruits.

Noël avec les arbres étincelants de givre et la trace des lapins dans l'herbe gelée.

Noël avec les guirlandes dans l'entrée, du houx

sur les tableaux, et un sapin magique qui étendait ses branches sur une montagne de cadeaux dans le salon.

Noël avec une gorgée volée de sherry quand personne ne faisait attention et Harry qui ricanait à moitié soûl sur le grand canapé.

Noël avec Fouillis qui bavait comme un robinet, les odeurs enchanteresses qui venaient de la cuisine, et la grande table de la salle à manger qui scintillait pour le festin.

Noël avec le discours de la Reine et tout le monde qui ronflait tandis que Harry regardait un film d'aventures à la télévision.

Noël avec les rennes qui tiraient un traîneau lourdement chargé sur le glaçage d'un énorme gâteau.

Noël avec un puzzle géant, des charades et des déguisements, la maison entière résonnant de rires et de cris.

Ce fut la plus belle journée de Harry. Il se sentait à nouveau en pleine forme, il n'avait presque plus mal au genou. Ses tantes lui avaient offert un ordinateur. Il était vêtu d'un pantalon de survêtement et d'un nouveau maillot de football.

C'était merveilleux !

Mais il manquait quelqu'un. Angel.

« C'est à cause du carnet que nous avons photographié la nuit du concert », expliqua Tante Bridget.

C'était le soir de Noël et ils rôtissaient des châtaignes.

« Tu te souviens, quand Mister Tolly a fait monter la Brute sur scène. Regarde », dit-elle en fouillant dans une grande enveloppe beige et en tendant à Harry une photo sur laquelle on avait entouré en rouge quelques lignes.

20 déc. M H Oak-
Liv. F G 1 sm +
Gr. Exp.
Tr-b. 4 jan. Yar.

« Je n'y comprends rien, dit Harry.

— Normal, répondit Tante Bridget. Mais regarde. *M H Oak-*. Si tu lis *La Gazette* de cette semaine, tu apprendras qu'il y a eu un important cambriolage à Marsh House, la maison du comte de Mallow à Oakborough, le 20 décembre. Si *Liv.* signifie "livraison", à ton avis, que veut dire *F G ?*

— Félon Grange ! s'exclama Harry.

— Bravo ! Je t'avais bien dit qu'il réceptionnait les marchandises volées.

— Un receleur », déclara Harry.

Elle hocha la tête.

« Et *1 sm +* signifie un peu plus d'une semaine après !

— Exact ! Il va attendre que l'agitation se calme un peu et ensuite, tranquillement, il va faire entrer la marchandise chez lui pour la trier. Tu as rencontré Smithy et GBH et les deux bonnes femmes : tous ses employés sont comme ça, un rassemblement de sales escrocs ! Ensuite, continua-t-elle en revenant à la photo, il y a *Gr. Exp.,* grosse expédition.

— C'est-à-dire ? demanda Harry.

— Il doit y avoir un sacré butin – des tableaux, de l'argenterie, des antiquités, des bijoux... Un camion plein.

— Quelque chose va se passer le 4 janvier, devina Harry en regardant la photo. Que signifie *Tr-b* et *Yar.* ?

— Transbordement à Yarmouth. Ce genre de choses, il ne peut pas les vendre sur place. Ce sont des objets d'une telle valeur qu'ils se retrouveraient aux enchères dans les plus grandes maisons – Sotheby's ou Christie's – et ils seraient immédiatement reconnus. Alors, il faut les faire sortir du pays et les vendre à Rome, à Tokyo ou à New York. Donc, une fois qu'il aura fait le tri, il va remplir un camion, peut-être avec le produit d'autres cambriolages, et l'expédier à Yarmouth. Là, tout sera emballé dans des grandes caisses en bois, sur lesquelles on écrira *Accessoires de salles de bains ou meubles en pin,* et chargé à bord d'un bateau partant pour le continent. Adieu les magnifiques antiquités du comte de Mallow.

— Donc, il faut surveiller pour savoir quand va avoir lieu la livraison à Félon Grange ?

— Exactement. Et nous attendrons alors que tout soit bien déchargé, pour qu'ils ne puissent pas tout remballer en deux secondes, et ensuite nous préviendrons la police.

— La police... euh... ils vont y aller ? Alors qu'il est juge et tout ça ?

— Ils seront bien obligés. Information spontanée de la population – ils ne peuvent pas se permettre de l'ignorer.

— Et alors, ce sera...

— ... la fin de Priestly la Brute ! Si c'est pas merveilleux ! Et avec un peu de chance, ce sera aussi la fin de Lolo Gestapo !

— Et si la livraison a lieu de nuit ? s'enquit Harry, le visage rougi par le feu.

— Je croyais que tu étais au courant. Voilà où est Angel, en train de faire le guet.

— À Félon Grange ?

— Pas dans la propriété, non. Toc-Toc a construit une cahute près du grand portail, cachée au milieu des arbres. On voit tous ceux qui entrent et qui sortent. Et Dot a fixé un appareil photo en hauteur – avec une pellicule pour la nuit et un bouton qui permet de la mettre en marche de l'intérieur de la cabane. Et Toc-Toc a relié un fil aux câbles du téléphone, pour qu'on puisse s'entretenir avec celui qui monte la garde. »

Le sapin scintillait, le feu ronflait. L'air embaumait les châtaignes rôties et Harry sentait une douce somnolence l'envahir. Il vivait avec des gens formidables.

25

La camionnette noire

La neige continua à tomber et ne fondit plus. Des journées sans nuage succédaient à des nuits glaciales.

À présent bien rétabli, Harry faisait le guet avec ses amis. La planque était un igloo de toile, camouflé par des branchages. Le sol était recouvert de tapis et des fentes dans les parois permettaient de bien voir ce qui se passait sur le chemin. Derrière l'arche de pierre, on voyait Félon Grange, petite comme une maison de poupée au bout de la longue allée de hêtres.

Harry adorait cet endroit. À travers les fentes, il espionnait les visiteurs et les livreurs, il voyait Lolo

Gestapo arriver dans son Aston Martin rouge et le colonel Priestly partir dans sa Rolls jaune. Et quand il n'y avait personne, il observait les lièvres et les cerfs. Mrs Good lui fournissait d'amples provisions. Assis en tailleur, il écoutait les récits de la vie au cirque, au théâtre, aux courses, à l'université d'Oxford – et dans le milieu des malfrats.

Tard dans la soirée du 30 décembre, il vint faire le guet avec Tatie Florrie. Il avait encore neigé, mais le ciel était dégagé. Il faisait un froid de loup.

Tout au bout du chemin, les phares d'une voiture illuminèrent la colline.

« Voiture en vue, Tatie.

— Nous y voilà, mon chéri. La centième fois fut la bonne. Tu sais où est le bouton qui actionne l'appareil photo ?

— Oui, il est là.

— Parfait. Appuie dessus si je te le demande.

— Ce n'est pas une voiture, remarqua Harry. Le moteur fait trop de bruit.

— Mmm. Un petit camion ! »

Les phares apparurent, à huit cents mètres. Le bruit du moteur devint plus fort. Le véhicule s'approcha, ralentit et s'arrêta devant le portail. Ils le distinguèrent clairement, un camion de déménagement noir, avec des vitres teintées et sans aucune raison sociale. Un homme descendit côté passager et se dirigea vers l'interphone.

« Vas-y ! » chuchota Tatie Florrie.

Harry appuya sur le bouton rouge. On entendit un petit cliquètement.

« Encore », dit-elle.

Le chauffeur descendit du camion et rejoignit l'autre homme. Les phares les éclairaient en plein. L'un portait un blouson de cuir et un jean moulant, l'autre une grosse veste noire.

« Encore ! »

Clic !

Tatie Florrie prit une paire de jumelles. Un des hommes alluma une cigarette et ils retournèrent à leur véhicule.

Clic !

Les grilles de fer forgé s'ouvrirent. Le moteur rugit et le camion entra, en faisant crisser ses roues sur la neige.

Clic ! Clic !

Le portail se referma et le camion remonta l'allée.

Clic !

« Ça suffit, mon chéri. Il vaut mieux en garder quelques-unes pour le retour. Eh bien, ajouta-t-elle en reposant les jumelles, quelle réussite ! Tu sais qui c'était ? Sammy la Fouine, un de la bande du Gros Monty, une vraie petite ordure. Et l'autre, je crois bien que c'est Hydraulic Jack, un des plus importants cambrioleurs du milieu. J'ignorais totalement que Percy P. travaillait avec eux. Je me demande ce que vont en dire Bridget et les autres.

— On leur téléphone ?

— Bonne idée, mon chéri. »

Harry composa le numéro de La Thôle, échangea quelques mots avec Les Doigts – qui avait décroché – puis tendit l'appareil à sa tante.

« Allô, Bridget ? dit Florrie. Oui, un camion Leyland noir avec des vitres teintées... Oui, le numéro c'est HRM 393. Enfin, pour ce que ça vaut... Tu ne devineras jamais qui était dedans... Sammy la Fouine et Hydraulic Jack !... Quelle surprise !... Attends une demi-heure pour qu'ils soient en plein déchargement et préviens les flics... D'accord... Au revoir ! »

Elle raccrocha.

« Cette brute, mon chéri, tu n'imagines pas comme je le déteste ! Dis donc, où est la boîte de chocolats ? ajouta-t-elle gaiement. Il me semble qu'on en a bien mérité un !

— Et même deux ! » renchérit Harry.

26

La tempête de neige

« Allez, Tatie Florrie ! On y va ! Je t'en prie ! »

On était le 31 décembre. La neige tombait dru, s'entassant contre les portes, tourbillonnant dans la lumière qui passait entre les rideaux tirés.

La pendule sur la cheminée sonna huit heures et demie.

Harry était assis avec sa tante dans le salon. Des cartes de vœux étaient exposées sur toutes les étagères, le grand sapin brillait dans un coin. Une partie inachevée de Monopoly traînait sur la table. Le vent gémissait dans la cheminée, arrachant des étincelles au feu. À part Mrs Good, qui venait de partir à la cuisine, ils étaient seuls dans la maison.

« Mais ce n'est pas juste ! s'exclama Harry. Si quelqu'un devait y aller, c'était bien moi ! Je suis le seul à connaître Félon Grange. S'ils sont décidés à piller la maison, je pourrais être utile, non ? »

Tatie Florrie fit tomber la cendre de son cigare.

« Je sais que tu meurs d'envie d'y aller, mon chéri, mais n'insiste pas. Bridget t'a tout expliqué. La Brute donne cette réception pour le Nouvel An et Max a réussi à se faire inviter en tant que frère de cet acteur qu'il connaît : tu sais, celui qu'on voit tout le temps à la télé, dont j'ai oublié le nom. Donc, il va surveiller les lieux, tout observer et laisser deux fenêtres ouvertes pour les autres.

— Oui, je suis au courant de tout cela, dit Harry impatiemment. Et une fois que les invités seront partis et tout le monde couché, ils vont entrer par effraction et chercher ce butin que la police n'a pas pu trouver hier.

— Ou qu'elle a prétendu ne pas pouvoir trouver.

— Je sais. Ça ne fait que corser l'affaire – et moi, je veux aller là-bas ! Et toi aussi ! C'est l'aventure. Une tempête de neige et tout le tremblement ! En plus, je connais la maison – le haut, le bas, la cuisine, l'entrée, la bibliothèque, la véranda, les chambres – alors, je pourrais vraiment me rendre utile !

— Je sais, mon chéri, ça me paraît très sensé ! Mais tu as entendu ce qu'a dit Bridget sur le risque de te faire pincer. Elle ne veut pas que tu sois impliqué là-dedans. Et c'est elle la responsable.

— Mais personne ne va se faire pincer. Et que je sois là ou pas, quelle différence ? Je suis déjà impliqué. La police me recherche. S'ils se font prendre, je ne pourrai jamais revenir ici. Alors, je serais mieux là-bas pour leur donner un coup de main. Tout a commencé à cause de moi !

— Tu es très convaincant, mon chéri, affirma Tatie Florrie. Mais même si on décidait de les rejoindre maintenant, comment irions-nous ? Ils ont pris la voiture.

— La Norton ! s'écria Harry en se levant d'un bond. Génial ! Dans la neige ! Et le portail reste ouvert à cause de la réception ! Les gens ne cessent d'entrer et de sortir. On la cache dans les buissons et on fait le tour par les prés. Personne ne nous verra, avec la tempête. Après, on passe par-derrière et on rejoint les autres dans la voiture.

— Mais où est la voiture ?

— Tu le sais très bien ! Tante Bridget a raconté qu'il y aurait des domestiques pour s'occuper des véhicules. Quand Max entrera dans la maison, il les emmènera avec lui. Dès que la voie sera libre, les autres doivent se diriger, tous feux éteints, vers les étables et garer la Mercedes au milieu des arbres. C'est pour ça que Toc-Toc l'a repeinte en blanc et qu'il a mis des vitres teintées.

— C'est très tentant ! reconnut Tatie Florrie, en tirant pensivement sur son cigare.

— Allez, Tatie ! Je t'en prie ! s'écria Harry en lui attrapant le bras. Sur la moto ! Dans la neige ! À minuit le Jour de l'An ! Aller damer le pion à Priestly la Brute et Lolo Gestapo ! C'est génial !

— Oh bon sang ! Je suis vraiment bête ! s'exclama-t-elle en levant les yeux au ciel, vaincue. D'accord. Va te préparer !

— Ouaouh ! » cria Harry en fonçant vers la porte.

Au même moment, Mrs Good entra, portant un plateau chargé de tartines beurrées et de tasses de chocolat fumant. Il faillit se produire une épouvantable collision.

« Eh bien, fit-elle, en voilà une mine réjouie ! Que se passe-t-il ?

— On va rejoindre les autres ! s'exclama Harry. À moto !

— Pas question ! gronda-t-elle en fronçant les sourcils d'un air désapprobateur. Tu as perdu l'esprit ? »

Tatie Florrie eut un sourire coupable.

« Incroyable ! s'exclama Mrs Good. En moto dans une pareille tempête ! Il vous manque une case. En fait, ça ne m'étonne même pas. Je devrais être contente que vous ne preniez pas ce plateau pour faire de la luge sur le toit ! »

Tatie Florrie fit la grimace.

« Mais personne ne m'écoute jamais, continua Mrs Good en entrechoquant les tasses et les soucoupes. Viens ici, Harry, et toi aussi, Florrie. Pas question de sortir avant d'avoir l'estomac plein. »

Ils obéirent bien volontiers.

La neige était aveuglante. Pour la sixième fois en une minute, Harry nettoya ses lunettes.

La puissante moto zigzaguait et dérapait dans les profondes congères du chemin puis bondissait quand les pneus touchaient la terre sous l'abri des arbres. Les phares ne révélaient qu'un mur blanc, des milliards de plumes qui surgissaient des ténèbres pour se jeter sur eux.

Les chasse-neige étaient passés et des camions avaient répandu du sable et du sel. Mais les flocons qui ne cessaient de tomber avaient réduit leurs efforts à néant.

Tatie Florrie gratta le givre qui cachait le compteur. L'aiguille oscillait entre trente-cinq et quarante-cinq kilomètres heure. Ils heurtèrent une congère. La Norton dérapa. Florrie mit toute la gomme et rétablit l'équilibre.

Quand Florrie avait remporté la course de l'île de Man, elle avait vaincu les meilleurs motards du monde.

Harry avait le nez et la bouche couverts. Seules

ses joues étaient exposées. Elles étaient gelées et douloureuses, mais il n'en avait cure.

« C'est génial ! » cria-t-il en se penchant en avant.

Au bout de dix minutes, ils parvinrent au chemin qui passait devant Félon Grange. Un tracteur rouge remorquant un chasse-neige faisait demi-tour au carrefour. Un des ouvriers du colonel dégageait en permanence la route pour les invités. Tatie Florrie s'y engagea, pleins gaz, et ils remontèrent jusqu'au portail, grand ouvert.

Tatie Florrie essuya sa visière et regarda autour d'elle.

« Tu avais raison, mon chéri, mieux vaut laisser la moto ici. C'est un peu voyant d'arriver comme ça. »

Derrière l'arche, au début de l'allée, il y avait un petit coin d'herbe protégé par des sapins.

« Juste le bon endroit », dit Tatie Florrie.

Une voiture s'approchait. Tatie Florrie éteignit son moteur. La voiture franchit le portail – une Range Rover. Entourée d'un tourbillon de neige, elle disparut dans l'allée de hêtres.

On n'entendait plus que le gémissement du vent.

Tatie Florrie se risqua à rallumer le phare. Des gros buissons, lourds de neige, se dressaient autour d'eux.

« Là, on sera à l'abri, déclara-t-elle en abaissant la béquille. La terre est gelée. »

Ils ôtèrent leurs casques. Tatie Florrie sortit un

passe-montagne en cuir de sa poche, ainsi qu'une lampe torche. Harry enfonça jusqu'aux oreilles le bonnet de laine à pompon que La Barak lui avait tricoté pour Noël.

« Alors, mon chéri, de quel côté ? À travers champs ou en remontant l'allée ?

— À travers champs. C'est plus sûr. »

Harry ouvrit la marche. La neige tourbillonnait autour d'eux. Quand il alluma la torche, il ne vit que des flocons éblouissants. Il s'accroupit pour passer sous la barrière.

Dès qu'on quittait l'abri des arbres, le vent soufflait en rafales. Harry remonta son col et fonça tête baissée dans la tempête. Il s'enfonçait jusqu'aux cuisses dans les congères. Au bout de cinq minutes, il était complètement perdu.

« Un peu plus à gauche, chéri, intervint gaiement Tatie Florrie. Quel temps de chien ! »

Ce fut épique. Ils tombèrent dans un fossé et rampèrent sous une barrière en fil barbelé. Ils arrivèrent devant un deuxième pré, le traversèrent sans rien voir, si ce n'est la neige et parfois, la silhouette tordue d'un tronc d'arbre.

Au bout d'un long moment, ils atteignirent une haie et la longèrent pour trouver une brèche. Ils escaladèrent une barrière. Un troisième pré s'ouvrait devant eux.

« Attends, mon chéri. »

Harry s'arrêta.

« Passe-moi la lampe. »

Tatie Florrie remonta sa manche et regarda sa montre.

« Minuit dix. Bonne année, mon petit chéri !

— Bonne année, Tatie Florrie ! répondit Harry en regardant la neige autour de lui.

— Prenons une bonne résolution de début d'année. Mort à la Brute ! Ou en tout cas, qu'on s'en débarrasse.

— Mort à la Brute ! cria Harry. Et à Lolo Gestapo ! »

Ils repartirent de plus belle.

Quelques minutes plus tard, il devint évident que la neige tombait moins fort. Harry en fut soulagé. D'une direction tout à fait inattendue – presque derrière eux – surgit une lueur. Ils se dirigèrent par là.

Les fenêtres de Félon Grange ruisselaient de lumières. En dépit de la tempête, la cour était remplie de voitures, et de limousines.

Harry et Tatie Florrie contemplaient ce décor de carte de Noël à l'abri d'un pin.

« Les étables sont de l'autre côté, dit Tatie Florrie. Allons-y avant de geler sur place. »

Ils firent le tour de la maison.

« Tu vois quelque chose ?

— Non. »

Les branches étaient noires, la terre blanche. Harry crut apercevoir une tache d'un blanc plus épais au milieu des troncs. Il plissa les yeux.

« Tatie Florrie. Par là-bas. »

C'était bien une voiture.

Ils se dirigèrent vers elle avec précaution. Une branche pourrie craqua sous leurs pas.

La vitre côté conducteur s'ouvrit.

« Kek'vous voulez ? »

Harry recula d'un bond, prêt à prendre la poudre d'escampette.

« On peut pas rester cinq minutes tranquille avec sa pépée sans qu'on vienne vous casser les pieds ! Tirez-vous !

— Oh ! La ferme, Mister Tolly ! répliqua Tatie Florrie. C'est Harry et moi. Ouvrez-nous, parce que dehors, c'est la Sibérie ! »

[illegible]
Heureux [illegible]
[illegible]
[illegible]
[illegible]
[illegible]
[illegible] sous leurs pas
[illegible]
[illegible]
[illegible]
[illegible]
[illegible]
[illegible]
[illegible]
[illegible]
[illegible]
[illegible]

27

Le commando du clair de lune

« Viens, Harry.

— Mmmm.

— Debout !

— Mmmm... quoi ?

— Tu veux venir avec nous ou tu continues à dormir ?

— Je veux... », commença Harry en s'efforçant de s'asseoir.

Il se sentait raide et confus. Il faisait sombre. Il y avait du monde autour de lui. Soudain, tout lui revint en mémoire. La banquette arrière de la Mercedes. Il avait dû s'endormir.

« Quelle heure est-il ? demanda-t-il en se frottant le visage.

— À peine quatre heures, répondit Tante Bridget d'une voix sèche et autoritaire.

— Quatre heures ! Tout le monde est... ?

— Oui, tous les invités sont partis – à part deux couples qui restent pour la nuit. La dernière lumière s'est éteinte il y a une demi-heure. »

La portière s'ouvrit. Une rafale de vent s'engouffra dans la voiture. La Barak était dehors, avec d'autres. Ils avaient attendu dans les étables.

« Allez, viens, Harry. Où est ta veste ? Je suppose que tu n'as pas pensé à prendre des tennis ?

— Non.

— Tu vas mettre tes bottes en caoutchouc, mais avant de passer par la fenêtre, enlève-les. Pas question de jouer les pêcheurs à l'intérieur. »

Ils se rassemblèrent à côté de la voiture. Le ciel était clair, la lune pleine.

« Bon, vous savez tous ce que nous cherchons, affirma Tante Bridget à voix basse, mais énergique. Le butin de l'opération Marsh House. Ça et rien d'autre. Alors, pas de mains baladeuses, d'accord ? On perd pas de temps sur le fric et les babioles. Nous n'avons qu'un seul but : débarrasser la région de Percy Priestly et de son immonde fiancée. Ce soir, c'est l'occasion de montrer qu'il est vraiment un monstre à deux faces.

— Et de ramener notre Harry chéri à La Thôle, ajouta Tatie Florrie.

— Cela va sans dire, continua sa sœur. Le butin est probablement stocké dans une chambre forte ou dans un passage secret. Vous savez ce qu'il faut chercher : les portes verrouillées, les panneaux avec des marques de doigts, les trappes, les éraflures... ce genre de choses. Ce ne sera pas forcément dans la grande maison, donc je veux que quatre d'entre vous s'occupent des dépendances : les étables, les remises, les garages... Le mieux, ce serait un groupe avec Florrie, Dot, Mister Tolly et Toc-Toc. Il va revenir dans un moment, il est allé s'occuper des chiens.

— Le voilà justement », avertit Max.

Une silhouette voûtée s'avançait vers eux. Sur ses talons, trottaient un dobermann et un berger allemand qui devaient être des bêtes féroces. Mais Toc-Toc avait su les transformer en gentils toutous.

« C'est un bon chien, ça, hein ? » dit-il en caressant la poitrine du dobermann.

L'énorme molosse se roula dans la neige en agitant les pattes comme un chiot.

« Pas de problème ? s'enquit Tante Bridget.

— Tu vois, répondit Toc-Toc. Mais je préfère les garder avec moi, ça vaut mieux.

— Parfait. Au boulot ! Vous, les quatre de l'extérieur, on vous laisse travailler comme vous l'entendez. Quant à nous... Max, montre-nous le chemin ! »

Il faisait très froid. La neige poudreuse crissait sous leurs pieds. Leurs souffles montaient autour de leurs têtes. Les voitures des invités étaient parties, il n'en restait que trois. Quand ils débouchèrent en terrain découvert, Harry se sentit très exposé, car la lune les éclairait comme un projecteur. La grande maison se détachait contre le ciel.

« Par ici », chuchota Max.

Ils le suivirent jusqu'à une petite fenêtre à guillotine.

« Hé, et l'alarme ? demanda Les Doigts.

— Débranchée à cause des invités, répondit Max en tentant de remonter le cadre de la fenêtre. Zut, j'espère que c'est pas bloqué.

— Probablement gelé, suggéra Les Doigts. Les fenêtres qui refusent de s'ouvrir, ça a toujours été le cauchemar d'mon existence. »

Ils essayèrent tous les deux. La fenêtre résista. Ils insistèrent. Brusquement, avec un gros crac, la glace céda, la fenêtre remonta sur la main de Les Doigts.

« Ouille ! cria celui-ci.

— La ferme ! » siffla La Barak.

Il lui jeta un regard plein de reproches en se collant les quelques doigts qui lui restaient dans la bouche.

« Parfait ! déclara Tante Bridget. Tout le monde est prêt ? On y va ! »

Harry se débarrassa de ses bottes en caoutchouc.

L'un après l'autre, ils entrèrent par la fenêtre en rampant et se retrouvèrent tous les six – Tante Bridget, La Barak, Max, Angel, Les Doigts et Harry – dans la buanderie sombre de Félon Grange. Max referma la fenêtre derrière eux.

C'était bon d'échapper au froid mordant de la nuit.

La porte était entrebâillée. Les Doigts l'ouvrit en grand et examina le couloir. Tout était sombre, on n'entendait pas un bruit.

« La voie est libre. »

Tout le monde avait une lampe stylo. Ils quittèrent la buanderie en file indienne et s'avancèrent dans le couloir. L'air sentait le tabac, le vin, le parfum et la bonne cuisine.

Ils firent halte avant le vestibule que la lune inondait de clarté. Dans une chambre à l'étage, on entendait quelqu'un ronfler.

« Percy le Porc au pays des rêves, ironisa Tante Bridget.

— Je vais aller le tuer, menaça La Barak.

— Non ! répliqua Tante Bridget. Tiens-toi correctement. »

Au-dessus de leur tête, une grosse touffe de gui pendait d'un lustre.

« Eh ! La Barak ! chuchota Les Doigts. Bonne année ! dit-il en l'enlaçant galamment et en se mettant sur la pointe des pieds pour lui planter une grosse bise sur la joue.

— T'as raison ! Bonne année ! Bonne année ! »

Pendant une minute, l'atmosphère vira à la fête et aux embrassades.

« Chut ! Taisez-vous ! » intervint Tante Bridget, inquiète, et tout le monde se calma.

Harry avait les pieds gelés.

« Bon, reprit Tante Bridget, on se sépare en deux groupes. La Barak, Angel et Max, occupez-vous du vestibule, de l'escalier, de la cave et de la cuisine. D'accord ? Les Doigts, Harry et moi, on fouille le reste du rez-de-chaussée. On se retrouve ici dans quarante-cinq minutes. Et si on n'a pas eu de chance, on s'attaquera au premier. »

Harry avait le cœur battant. L'ombre semblait grouiller d'yeux. Les torches brillaient dans les ténèbres.

Tante Bridget ouvrit une porte. Il s'en dégagea une forte odeur de cigares, d'alcool et de nourriture.

C'était la plus grande pièce de Félon Grange et, manifestement, le cœur de la demeure. Un grand sapin de Noël se dressait devant la fenêtre ; des braises rougeoyaient encore dans l'âtre ; on avait repoussé les tables pour danser. La pièce était jonchée de bouteilles et de verres – des flûtes à champagne, des verres à whisky, des verres à vin, des chopes de bière –, certains à moitié remplis, d'autres renversés par terre. Les cendriers débordaient. Des assiettes encore pleines étaient posées n'importe où.

« Il y en a qui ne s'embêtent pas », fit sèchement remarquer Tante Bridget.

Ils firent le tour de la pièce, tâtant les étagères et les miroirs, scrutant les coins, soulevant les plinthes.

Au bout de cinq minutes, ils n'avaient rien trouvé.

« Inutile d'insister ici, dit Les Doigts.

— Je suis d'accord, opina Tante Bridget. Pas dans un grand salon comme celui-là. Je parierais plutôt pour la bibliothèque.

— Je vais vous la montrer », s'empressa Harry.

Il courut dans le couloir et s'immobilisa devant la porte cirée. Pas de lumière à l'intérieur. Il regarda par le trou de la serrure. Tout était sombre.

« La voie est libre », assura-t-il.

Harry appuya doucement sur la poignée. La porte ne s'ouvrit pas. Il poussa.

« C'est fermé !

— Attends voir, intervint Les Doigts. L'a raison, c'est fermé. Mais quel coquin, ce Percy ! Kek'il a donc à cacher, ce vilain ? » dit-il en sortant son trousseau de crochets.

Il fit son choix, trifouilla dans la serrure, qui céda.

« Sésame, ouvre-toi ! » fit-il en appuyant sur la poignée de la porte.

Tante Bridget lui planta un baiser sur le front. Dès qu'ils furent entrés, Harry referma derrière eux.

La bibliothèque était exactement comme il s'en souvenait, sauf qu'il n'y avait pas de feu dans la cheminée et que les rideaux étaient tirés.

« Voilà qui me paraît plus prometteur, annonça Tante Bridget en faisant courir le faisceau de sa lampe sur les étagères. Une lourde porte verrouillée, des rideaux tirés... Harry, vérifie le parquet – sous les tapis et sous les meubles. Les Doigts, occupe-toi des lambris. Moi, je fouille les étagères. »

Harry obéit avec enthousiasme. Il souleva l'un après l'autre les tapis afghans. Pas la moindre trappe. Il repoussa le lourd canapé. Il rampa sous la table. Comme Sherlock Holmes – la pipe et la loupe en moins – il scruta la cheminée.

Les autres n'avaient pas plus de chance.

Rien.

Tante Bridget repoussa une mèche de cheveux et regarda sa montre.

« C'est ici quelque part. Je le sens, dit-elle.

— T'as raison ! Y'a un coffre kek'part, j'ai les doigts qui me démangent ! » renchérit Les Doigts.

Harry se souvint de quelque chose.

« Tante Bridget, quand je suis venu l'autre fois, le colonel se tenait là-bas, à côté de la cheminée. Il avait sorti des bouquins. Il tournait le dos à la porte, alors je ne voyais pas bien ce qu'il faisait. Mais mon arrivée l'a rendu fou de rage !

— Mon chéri ! Ces volumes-là ?

— Je crois. Ou ceux d'en dessous. »

Elle débarrassa l'étagère de ses livres et scruta le bois.

« Rien. Attends. Il n'avait pas un stylo à la main ? »

Harry réfléchit.

« Je ne crois pas.

— Parce que je vois un nœud dans le bois. Des nœuds, il y en a dans le pin, or le reste des étagères est en chêne. Regarde si tu ne trouves pas un stylo sur le bureau. »

Harry posa les livres et découvrit un Bic bon marché au milieu d'une armada de stylos luxueux.

« Parfait. »

Au bout de l'étagère, pile au milieu et caché par celle du dessus, se trouvait un petit nœud. Le reste du bois était lisse et bien poli.

Tenant fermement le Bic, pointe en avant, Tante Bridget l'enfonça dans le nœud.

Harry retint son souffle.

Rien.

Elle poussa.

Encore rien.

Elle poussa plus fort.

Clic !

La grande bibliothèque frémit. Le bord bougea sous sa main.

« Ça y est ! » cria Tante Bridget, les yeux écarquillés.

Trois paires de mains s'emparèrent des étagères.

« Doucement ! Doucement ! »

Ils tirèrent. Plus d'un mètre de rayonnage pivota en douceur. Derrière, il faisait noir comme dans un four et un vent frais vint les frapper au visage.

Les Doigts éclaira l'espace. Harry en eut le souffle coupé.

C'était la caverne d'Ali Baba. Une fête de couleurs et de lumières. Une pièce grande comme la moitié de la bibliothèque bourrée jusqu'au plafond d'objets précieux. De l'argenterie. Des lustres. Des tableaux. Des plateaux d'or posés sur des commodes et des tables. Des pendules magnifiques et des poignards incrustés de pierreries, des violons et des tapisseries. D'un coffre ouvert, ruisselaient des rivières de perles, d'opales et de turquoises. Il y avait des livres reliés en pleine peau et des rouleaux de parchemins jaunissants. Sur un tissu de velours frappé, un monceau de colliers, bagues, broches et autres babioles étincelaient.

« Bon sang de bois ! s’exclama Les Doigts d’un ton plein de respect.

— Sésame ouvre-toi, c’est le cas de le dire ! » lança Tante Bridget en souriant,

Ils repoussèrent complètement les étagères et s’avancèrent au beau milieu du trésor.

28

Les bandits en pyjama

On envoya Harry chercher les autres. À pas de loup, il courut dans la maison silencieuse. Dans chaque coin, derrière chaque porte, il voyait des bandits à l'affût : GBH et Lolo Gestapo, des étrangleurs avec leur corde, des coupeurs de gorge avec leur couteau. Prêt à prendre la fuite, il inspecta la cuisine puis, les yeux écarquillés, descendit l'escalier de la cave.

Les murs étaient en pierre, comme ceux d'un château. L'air sentait le vin et la poussière. Les salles se suivaient. Il passa devant des vieux vélos, des piles de bûches, des pièges à animaux, des imperméables déchirés.

« La Barak ! appela-t-il d'une voix rauque. Angel ! »

Ils vinrent vers lui, leurs torches à la main.

« Qu'est-ce qu'il y a ?

— On a trouvé !

— Quoi ?

— Dans la bibliothèque. C'est génial. Tante Bridget veut que vous veniez. »

Ils retournèrent dans le vestibule. Harry ouvrait la marche, suivi de Angel, puis Max toujours en smoking, et La Barak, comme un ogre violet, venait en queue.

Il ouvrit la porte de la bibliothèque. Ils refermèrent derrière eux et rejoignirent les autres dans le passage secret.

« Manifestement, il ne s'agit pas seulement du butin de Marsh House, remarqua Tante Bridget. Ces deux chandeliers, par exemple. Je sais qu'ils viennent de chez Lord Turtle. Et ça, c'est la célèbre broche *Scorpion* de la collection Fitz-Holland. Ces objets ont disparu depuis des mois.

— Non, mais regardez-moi ces tableaux ! s'exclama Angel en les éclairant. Modigliani... Cézanne... Braque... Turner. Et le Fra Angelico. Celui qu'on a volé à Rome. Ils valent des millions. Personne au monde ne peut vendre des tableaux pareils. Aucune galerie ne voudrait y toucher. Ils sont destinés à des collectionneurs privés.

— Mais je connais celui-là ! s'exclama Harry. Il était chez nous, à Hampstead, accroché sur le palier. Et l'autre là-bas aussi.

— Tu rigoles ! répliqua Angel.

— Pas du tout ! Ils étaient encore là, juste avant que je ne parte. »

Angel resta silencieux et regarda Tante Bridget.

Elle lui rendit son regard, les yeux brillants comme des saphirs.

« C'est quoi ?

— Celui-là, un Constable. Et l'autre magnifique, c'est un Corot.

— Mon Dieu !

— Ils valent cher ? » demanda Harry.

Angel lui posa la main sur l'épaule.

« Corot n'a pas peint ce tableau pour l'argent, mais pour la beauté. Regarde-le bien !

— D'accord ! Il est beau, rétorqua Les Doigts avec impatience. Mais la question, c'est : ça vaut-y de la tune ? »

Tante Bridget regarda Angel et répondit :

« Nous ne le saurons pas tant que d'autres experts ne les auront pas examinés, dit-elle vivement. Le père de Harry est mort ruiné, souvenez-vous. Il a laissé beaucoup de dettes. »

CRAC !

La porte de la bibliothèque vola en éclats.

Le cœur de Harry s'arrêta de battre.

Les lumières s'allumèrent, aveuglantes après l'obscurité.

Le colonel Priestly se tenait sur le seuil, un fusil à canon double dans les mains. Derrière lui, le couloir était rempli de domestiques.

« Bridget Barton ! éructa-t-il. J'aurais dû m'en douter. Ce ne pouvait être que vous ! »

Il s'avança dans la bibliothèque. Ses employés lui emboîtèrent le pas.

« Nom d'un chien ! Vous et votre bande de vieillards fouineurs !

— Eh bien, Percy ! s'exclama Tante Bridget en sortant de la salle au trésor. J'adore votre tenue ! »

Complètement échevelé, il était vêtu d'un pyjama en soie jaune avec un tigre bondissant brodé sur la poitrine.

« Vous mêlez pas de ça ! Et que faites-vous là, vous ? demanda-t-il en remarquant Max. Je croyais que vous étiez le frère de...

— Hélas non, le coupa Max.

— Peut-être le connaissez-vous mieux sous le nom de Mr Edward Mann, organisateur de concerts, ironisa Tante Bridget. Mais comme vous l'avez si bien dit, ne vous mêlez pas de ça ! Voilà qui est beaucoup plus intéressant, ajouta-t-elle en regardant le butin entassé derrière elle. Vilain petit Percy ! Ce sont vos amis qui vont être surpris ! »

Le colonel était blême, avec des taches rouges et blanches.

« Je vous préviens ! menaça-t-il.

— Et les journaux, ils vont s'en payer une bonne tranche ! »

Harry compta huit domestiques, tous en pyjamas et tous armés – bâtons, bouteilles, couteaux de boucher. Il reconnut Smithy et GBH. Une vraie bande de malfrats.

« Et pourquoi êtes-vous si sûre que les journaux vont être au courant ? questionna le colonel d'une voix qui s'efforçait au calme.

— Difficile de nous faire taire tous les six, répliqua Tante Bridget. Sans même parler de vos charmants employés. Non, Percy, cette fois, les jeux sont faits.

— Ah oui ? Demandez donc à ces hommes s'ils ont l'intention de me lâcher. »

Tous les bandits hochèrent la tête en signe de dénégation.

« Vous voyez, reprit le colonel. Quant à vous, Miss Barton, il y a bien des moyens...

— Qu'entendez-vous par là ?

— Qu'il n'est guère difficile de trouver une solution à notre petit problème... À vrai dire, trois solutions s'offrent d'emblée.

— Ah oui ?

— On entend tellement parler d'accidents de la

route de nos jours, dit-il d'un air triste. Je suppose que vous êtes venus en voiture. Avec toute cette neige – ça glisse. Quand une voiture brûle, il n'en reste plus grand-chose, paraît-il. Surtout si le réservoir est plein.

— Vous n'oseriez pas ! Six personnes ! Devant tous ces témoins !

— Vous ne savez pas de quoi je suis capable. Mais il est vrai que cela manquerait de discrétion et nous ne sommes pas des sauvages. Mieux vaut tous vous anesthésier, histoire de vous calmer pendant quelques jours. Après, on vous emballe comme ces jolis objets et on vous expédie de l'autre côté de l'océan. Les gouvernements étrangers font cela tout le temps... Et puis, une petite tempête... et les caisses tombent par-dessus bord...

— Et la troisième solution ?

— Le jeune Harry Barton est avec vous. Viens ici, jeune homme, si tu ne veux pas que je transforme ta tante en cible vivante. »

Harry s'avança et le colonel le saisit au collet.

« Voilà mon meilleur atout, reprit-il. La police ignore où il est. Il est déjà considéré comme disparu. Je l'emmène. Je connais des endroits dont il ne pourra jamais s'échapper. L'Afrique ! L'Amérique du Sud ! Là, il sera en sûreté – à moins que l'un de vous ne se mette à table. À la minute où la police sera au courant – cccrrrii », dit-il en faisant mine de lui trancher la gorge.

Harry regardait en tremblant autour de lui. Deux domestiques lui barraient le passage.

« Bon, maintenant, reprit le colonel, on va vous ligoter et vous bâillonner. GBH, tu trouveras de la corde dans ce tiroir. Moxy, va chercher une douzaine de serviettes dans la salle à manger. Ça fera de bons bâillons.

— Aaaahhhh ! Aaaaahhhh ! cria Les Doigts. Aaaaahhhh !

— Taisez-vous !

— Aaaaahhhh ! Aaaaaahhh ! se mit à beugler Max, l'œil brillant.

— Aaaaahhhh ! » entonna Angel à son tour.

Tante Bridget et La Barak se joignirent aux cris qui devinrent assourdissants.

« Ça suffit ! » hurla Priestly qui tira en l'air.

BANG ! La balle fit un énorme trou dans le plafond, mais le concert de glapissements reprit de plus belle.

La confusion était totale. Harry sauta sur l'occasion. Se tortillant comme une anguille, il s'empara de la canne de golf que tenait un des malfrats et plongea en avant pour échapper à la main qui cherchait à le retenir.

« Attrapez-le ! Attrapez-le ! » cria le colonel.

BANG !

Deuxième coup de feu. Il se mit à courir dans le couloir, Smithy et GBH sur ses talons. Dans le vestibule, une petite troupe dévalait l'escalier : les invités du colonel que le bruit avait dérangés.

« Arrêtez-le ! cria GBH. Au vol ! »

Les chaussettes de Harry dérapèrent sur le parquet ciré. Un des invités le rattrapa par sa veste et le flanqua par terre.

« Merci, monsieur ! dit GBH en le remettant sans ménagements sur ses pieds. Viens avec moi dans la bibliothèque ! Le colonel a deux mots à te dire ! »

De la bibliothèque montaient des bruits terribles de bagarre – des cris, des hurlements, des coups. Les meubles étaient brisés, les miroirs pulvérisés, une bouteille vola par la porte ouverte et explosa contre le mur du couloir.

Du coin de l'œil, Harry repéra un mouvement en haut de l'escalier. C'était Lolo Gestapo, dans un déshabillé rouge. Elle disparut dans le couloir.

« Une bande de cambrioleurs ! Pauvre colonel Priestly ! Il faut aller l'aider. »

Harry reconnut l'homme qui l'avait maîtrisé. Un célèbre présentateur de télévision.

« C'est eux les voleurs ! s'exclama-t-il d'une voix perçante.

— La ferme, toi ! s'écria GBH en le frappant sur la tête.

— Nous tenons la situation bien en main, monsieur, intervint Smithy. Vous pouvez retourner vous coucher. »

Mais le présentateur se précipita sans l'écouter vers la bagarre.

La bibliothèque était complètement dévastée : tous les meubles étaient renversés, les étagères et les rideaux arrachés, et un millier de livres jonchaient le sol.

Au milieu des débris, gisaient des corps, plus ou moins inconscients.

Tante Bridget, les jambes écartées comme un boxeur, balançait des uppercuts à tout va. Quant à La Barak, elle était sublime. Elle s'empara de Smithy et l'envoya voler comme un missile à l'autre bout de la pièce. L'affreux s'écrasa sur le mur, entraînant un tableau dans sa chute.

« Parfait ! À qui le tour ? s'enquit La Barak, en se frottant les mains.

— La partie est terminée ! » intervint soudain une voix glaciale.

Lolo Gestapo se tenait sur le seuil. Ses cheveux d'or étaient impeccables et elle était vêtue du déshabillé rouge – avec les chaussons assortis – qu'avait aperçu Harry. Entre les lèvres, elle avait un long fume-cigarette rubis. Et des deux mains, elle tenait une mitraillette.

Le doigt sur la gâchette.

29

Un œil au beurre noir

« Assez ri pour ce soir, les amis, ironisa Lolo Gestapo. Maintenant, si vous voulez bien ramasser les blessés, nous allons nous diriger vers le vestibule. Vos invités vous attendent, Percy. Et, ajouta-t-elle en regardant Tante Bridget dans les yeux, si vous croyez que je ne me servirai pas de ce petit jouet... »

TAT-TAT-TAT-TAT-TAT-TAT ! TAT-TAT-TAT-TAT-TAT !

Le bruit fut assourdissant et le mur de la bibliothèque se retrouva constellé de trous.

« D'accord ? » reprit-elle en tirant sur sa cigarette.

Boitillant et peinant, les yeux au beurre noir et les

dents cassées, les combattants défilèrent devant elle. Ce ne fut qu'à ce moment-là que Harry comprit que tous ceux qui gisaient à terre étaient de Félon Grange. Dans les yeux des combattants de La Thôle, brillait l'éclair de la guerre.

Bientôt, tout le monde se retrouva dans le grand vestibule. On alluma les lumières.

« De quoi s'agit-il donc ? demanda le présentateur pour la troisième fois. Qu'est-ce que c'est, cette pièce bourrée d'objets précieux ? »

Un concert de cris lui répondit.

« Bandes de voleurs... la police... une pièce... des anciens taulards... sale menteur... Jekyll & Hyde... sale escroc... la prison l'attend... »

TAT-TAT-TAT-TAT-TAT-TAT !

Une nouvelle rafale de mitraillette fit taire tout le monde.

« Fermez-la, tous ! glapit Lolo Gestapo. Percy, viens ici à côté de moi. Vous autres, dans l'escalier. »

GBH s'avança vers elle.

« Toi aussi.

— Mais on est du même côté, ma belle. On vient de...

— Dans l'escalier, minable ! Et tous les invités, idem ! Percy et moi, d'un côté, les autres, en face. Pigé ? »

Le colonel n'était pas beau à voir. Il avait un œil clos et boitait lourdement. Il retenait d'une main l'élastique de son pantalon de pyjama qui avait claqué. Mais sa méchanceté était toujours en éveil.

« On a perdu, Percy, déclara Lolo Gestapo. Faut le reconnaître. Et tout ça à cause de cette petite saleté-là : Eugène Augustus Barton ! (Elle dessina un cercle sur la poitrine de Harry du bout de sa mitraillette.) Je le hais ! Je meurs d'envie de lui faire sauter la cervelle ! »

Elle leva son arme et tira en l'air. La rampe de l'escalier se désintégra.

« Je vais vous expliquer la suite des opérations, continua-t-elle, un peu calmée. Vous, dit-elle au groupe massé sur l'escalier, vous allez faire un petit séjour à la cave. Pendant ce temps, Percy et moi, on va se promener. »

Ils la regardèrent tous comme un lapin regarde une fouine.

Harry était à côté de sa tante Bridget.

« Ne lève pas les yeux ! » articula-t-elle silencieusement.

Pendant plusieurs secondes, il s'immobilisa avant d'oser jeter un coup d'œil.

Dot se tenait sur le palier, à califourchon sur la rampe. Pile au-dessus de la tête de Lolo Gestapo.

« Eh oui ! ajouta le colonel en souriant. On a cinq millions planqués sur un compte en Suisse ! À nous la belle vie ! Bye bye la sinistre Angleterre ! À nous l'Amérique du Sud, les îles du Pacifique. Le soleil, la mer...

— Donc, poursuivit Lolo Gestapo en montrant la porte de l'escalier de service au plus proche domestique. Si vous voulez bien vous donner la peine... »

Il obéit à contrecœur et les autres le suivirent, en file indienne, disparaissant dans les entrailles de la maison.

« Ouvrez ! Police ! » entendit-on tout à coup tandis qu'on frappait sur la porte d'entrée à coups redoublés.

Tout le monde fut surpris. Lolo Gestapo se retourna brusquement. Dot choisit ce moment pour se laisser tomber droit sur les épaules de la bonne femme.

Lolo Gestapo s'écrasa par terre en poussant un cri. La mitraillette lui sauta des mains.

TAT-TAT-TAT-TAT-TAT-TAT-TAT-TAT-TAT-TAT-TAT !

Les balles vinrent ricocher en sifflant sur les murs du couloir.

À la vitesse de l'éclair, Tante Bridget bondit de l'escalier et s'empara de l'arme fumante. D'un geste précis, elle retira les munitions. Puis deux, trois, quatre fois, elle frappa l'arme contre le mur. Le mécanisme se brisa, le canon encore chaud se plia.

Pendant ce temps-là, le raffut avait cessé à la porte, remplacé par un bruit de verre brisé.

Une grande vitre à côté de la porte venait de se casser et, par la brèche, apparut une extraordinaire vieille dame vêtue d'une combinaison de motard en cuir clouté.

« Bonsoir tout le monde », dit-elle avec un grand sourire, les yeux pétillants.

Elle sauta dans le couloir et ouvrit la porte à un homme immense et chauve, suivi d'une silhouette voûtée tenant en laisse deux chiens féroces.

« Mais... où est la police ? s'enquit le présentateur.

— Oh, la police n'est pas là, répondit aimablement Tatie Florrie. Il n'y a que nous. »

Derrière les portes du couloir, une autre émeute avait éclaté. Les poings et les armes volaient, les corps dégringolaient les marches de l'escalier. C'en fut trop pour les chiens de garde. D'un bond, ils échappèrent à Toc-Toc et se précipitèrent au cœur de la bagarre.

On aurait dit des démons – ils s'agitaient en tous sens, babines retroussées, à planter leurs crocs dans les manches et les jambes de pyjamas.

La bataille tourna à la panique. Percy et Lolo Gestapo profitèrent de ce chaos pour s'enfuir sans demander leur reste.

Harry fut le premier à s'en apercevoir, tandis qu'il

se tenait dans l'escalier, les phalanges douloureuses et un œil au beurre noir.

« Arrêtez-les ! » cria-t-il en dévalant les marches.

Tante Bridget et les autres l'entendirent et abandonnèrent aussi leurs adversaires pour courir derrière le couple infernal. Mais ceux-ci avaient une bonne avance et ils réussirent à claquer la porte de la bibliothèque au nez de leurs poursuivants.

Harry eut beau secouer la poignée, quelqu'un – ou quelque chose – résistait de l'autre côté. Impossible d'ouvrir.

Tante Bridget arriva en renfort, mais la porte refusa encore de s'ouvrir.

« Pas de problème ! s'exclama La Barak. Je m'en charge. »

Elle prit son élan et balança son poing dans le panneau de bois. Celui-ci éclata. Elle agrandit le trou, passa le bras à l'intérieur et repoussa le canapé de cuir qui bloquait la porte.

Au moment où ils entraient, les étagères reprenaient leur place à l'autre bout de la pièce.

« On va les faire sortir de là ! s'écria Tante Bridget. Harry, où est le stylo ? »

Mais la bibliothèque était dans un tel fouillis que le Bic bleu avait disparu. Tout le monde se mit en quête.

« Je l'ai ! Je l'ai ! cria Dot.

— Bien joué ! » s'exclama Tante Bridget en

poussant doucement le stylo bille dans le nœud du bois.

Rien ne se produisit.

Elle poussa plus fort.

Toujours rien.

« C'est verrouillé ! On peut fermer de l'intérieur !

— J'ai repéré une hache dans le cellier ! » cria Angel.

Il revint en brandissant la hache et un marteau de forgeron. La Barak remonta ses manches et s'empara de la hache.

Elle donna un bon coup et pulvérisa une étagère, faisant voler les éclats de bois.

Angel, très énervé, s'attaqua au fond du meuble à coups de marteau. Il finit par en percer la paroi et de la lumière passa par le trou béant.

Pendant ce temps, Toc-Toc avait attiré les chiens avec des écuelles de viande et les avait enfermés dans l'arrière-cuisine. À part deux silhouettes gisant à terre, le vestibule était désert. Les domestiques s'étaient enfuis et tous les autres étaient massés dans la bibliothèque.

Ils ne virent donc pas, tout au bout du couloir, bien après la cuisine, un bras rouge et soyeux sortir d'une porte pour décrocher un manteau et une veste d'une patère. Ni un bras jaune ramasser deux paires de bottes en caoutchouc.

Grâce aux efforts conjugués d'Angel et de La

Barak, Les Doigts réussit à s'introduire dans la salle au trésor. Il ne fut accueilli par aucun projectile car la pièce était vide. Tout au fond, une deuxième porte était restée ouverte.

« Les bijoux ont disparu ! La broche du *Scorpion,* le diamant Kilallan, les perles, les rubis, tout... !

— Ne me regarde pas comme ça ! Je n'ai touché à rien ! » protesta Les Doigts.

Harry courut à l'autre porte qui donnait sur un débarras. Il se précipita dans un étroit couloir, obscur et désert.

Soudain, derrière lui, retentit un bruit familier : Pon ! Pon ! Pon ! Pon !

Il se précipita dans la bibliothèque où tout le monde s'était rassemblé devant les fenêtres.

Pon ! Pon ! Pon ! Pon !

La Rolls jaune passa. Quelqu'un fit un signe de la main par la vitre ouverte et la voiture disparut dans la nuit.

Pon ! Pon ! Pon ! Pon ! Pon ! Pon !

30

Le vieux portail

« Max, c'est toi le plus rapide, dit Tante Bridget. Va chercher la voiture, vite ! On te rejoint au portail. »

Max ouvrit la fenêtre de la bibliothèque et sauta dans la neige. Il se brossa en hâte et courut sur le chemin éclairé par la lune.

« Le téléphone ! cria Tante Bridget. Où est-il ? »

Harry le dénicha enfoui sous des livres, derrière la table renversée.

« Y'a pas de tonalité ! La ligne est morte !

— Ce doit être la neige, pesta Tante Bridget. Ou bien ils ont coupé la ligne. Bon, cela signifie qu'il va falloir les arrêter nous-mêmes. Dot, appela-t-elle en jetant un regard autour d'elle, Mister Tolly, Toc-Toc et Angel, vous restez là à surveiller le butin et tout ce joli monde, dont on aura besoin comme témoins. Et si un autre de ces gangsters revient, ligotez-le. Quant à vous quatre, ajouta-t-elle en se tournant vers les invités, faites donc quelque chose d'utile – par exemple du café, et allez chercher la police ! Tous les autres, en voiture ! »

Ils se précipitèrent dans le couloir. Après toute cette agitation et la chaleur de la maison, Harry était en sueur. L'air mordant de la nuit le surprit. Tout au bout de l'allée, la Rolls s'était arrêtée devant le portail. Dans la direction opposée, les phares de la Mercedes jaillissaient au milieu des arbres.

Harry fit le tour de la maison pour récupérer ses bottes. Il arriva au portail en même temps que la Mercedes. Tante Florrie prit le volant et tout le monde s'entassa à l'intérieur. Les pneus crissèrent sur la neige, la voiture dérapa, mais un coup d'accélérateur lui fit reprendre le droit chemin.

La Rolls avait déjà franchi le portail et ses feux arrière s'éloignaient sur le chemin. La grille en fer forgé était fermée. Tatie Florrie freina sec.

« Les Doigts, demanda Tante Bridget, tu peux ouvrir ça ?

— Ça fonctionne avec un œil électronique, répondit-il en descendant de voiture, la torche à la main. Oh zut ! Ils ont écrabouillé le boîtier de contrôle ! Regardez !

— Et la grille est fermée ? s'enquit Tante Bridget.

— Oui, confirma Les Doigts. Pour plus de sûreté, ils ont mis une chaîne et un cadenas.

— Harry pourrait très bien ouvrir ce cadenas et moi, réparer le boîtier, mais ça risque de prendre un bon quart d'heure...

— Trop long ! Florrie, tu ne peux pas enfoncer les grilles, j'imagine ?

— Non, pas avec cette chaîne. Ça bousillerait notre radiateur. »

Le silence tomba. Lolo Gestapo et Priestly la Brute avaient réussi à s'enfuir.

« Il y a bien un moyen, risqua Les Doigts. Rapide.

— Oh non ! Il veut les faire sauter ! s'exclama La Barak.

— D'accord. Tu en as pour combien de temps ? demanda Tante Bridget sans hésiter.

— Une ou deux minutes. Harry, va me chercher ma caisse à outils dans le coffre. »

Harry obéit et Les Doigts se mit à farfouiller. Il déballa un gros paquet enveloppé de papier journal : à l'intérieur, il y avait des bâtons rouges, qui ressemblaient à des pétards géants de feu d'artifice.

« Dynamite », précisa-t-il en en prenant cinq barres.

Il en tendit une à Harry et déroula un bon morceau de papier collant double face.

« Attache celui-là aux barres centrales, le long de la chaîne », ordonna-t-il.

Les Doigts se chargea des quatre autres.

« Tout le monde planqué derrière les buissons ! Tiens, dit-il en tendant à Harry une boîte d'allumettes. Tu as trente secondes après l'allumage, d'accord ? Dès que la mèche s'est enflammée, tu te barres ! C'est pas le moment de tomber, d'accord ? Moi, je m'occupe des quatre autres. Prêt ? »

Harry gratta une allumette et enflamma la mèche. Le cœur battant, il courut se mettre à l'abri à côté de ses tantes.

Il n'eut pas longtemps à attendre. Un vacarme retentissant troubla la paix de la nuit. On entendit un grondement sourd suivi d'un gros bruit métallique. CRAC ! L'écho de l'explosion roula dans la campagne endormie.

Aveuglés par la fumée, ils se relevèrent.

La dynamite avait bien travaillé. Le portail était ouvert. À vrai dire, il n'y avait plus de portail. Il s'était envolé sur une trentaine de mètres, avant de retomber lourdement sur le pare-brise de la voiture.

« Oh mon Dieu ! » marmonna Les Doigts.

L'explosion n'avait pas arraché que le portail, elle avait aussi brisé la vieille voûte de pierre. D'énormes blocs barraient l'allée.

« Faudrait un tracteur pour soulever ce truc,

commenta Les Doigts d'un ton sinistre. Pas moyen de passer. La route est bloquée. Désolé.

— Tatie Florrie ! s'écria Harry en tirant sa tante par la manche. Et la moto ?

— Évidemment ! Qu'est-ce qu'il est malin ! On a la Norton, déclara-t-elle en se tournant vers les autres, tout agitée. On peut passer ! Harry, mets ton casque !

— Non, pas Harry, intervint Tante Bridget. Prends La Barak – ou moi.

— Pas avec cette neige, répliqua Tatie Florrie. La route va déjà être assez glissante comme ça. Il me faut quelqu'un de léger, et de bien habitué à la moto. Harry est parfait. »

L'explosion avait couché la Norton. Tatie Florrie la releva, la débarrassa de la neige qui la recouvrait et, une minute plus tard, ils étaient prêts à partir. Elle fit rugir le moteur.

« Vous, allez chercher la police. Dites-leur quelle route on prend.

— Bonne chance ! Faites attention à vous ! »

Tatie Florrie fit gaiement signe de la main et ils dépassèrent l'arche tombée à terre. La route s'ouvrait devant eux.

« Tu es prêt ?

— Oui, répondit-il en entourant la taille de sa tante de ses mains gantées.

— Alors, on y va ! »

compte [illegible] Doigts d'or [illegible] de [illegible] l'[illegible] plus [illegible].

— [illegible] perdu [illegible] d'Aï, la moto?

— [illegible] C'[illegible] matin! [illegible] à la [illegible] tout [illegible] autres [illegible]. On peut passer! [illegible] casque.

— Non, pas d'idée, [illegible] l'[illegible] [illegible].

[illegible]

[illegible]

[illegible] perdu et [illegible] à terre. La moto [illegible] ment [illegible]

[illegible]

31

Bagarre sur la route

La moto accéléra. Le moteur rugit, une gerbe de neige jaillit de la roue arrière. Dans le faisceau du phare, les flocons brillaient.

Tatie Florrie éteignit le phare. La lune éclairait la route blanche comme une torche. Si c'était nécessaire, ils pourraient rouler sans lumière. Elle ralluma.

Ils atteignirent un carrefour. Tatie Florrie ralentit, la Norton se pencha et dérapa. Deux bottes se posèrent à terre. La moto se redressa et ils accélérèrent à nouveau.

Pendant les premiers kilomètres, la bonne direction ne fit aucun doute. Aussi vite qu'elle l'osait sur ces routes dangereuses, Tatie Florrie pourchassait la Rolls.

Brusquement, au moment où ils parvenaient au sommet d'une colline, à moins d'un kilomètre devant eux, ils virent les deux phares d'une voiture. Immédiatement, Tatie Florrie éteignit les siens.

« Ce pourrait bien être eux ! »

Ils se rapprochaient lentement du véhicule. Harry voyait qu'elle était claire et grosse – mais les feux arrière l'empêchaient de la distinguer plus nettement. Ils se retrouvèrent rapidement juste derrière elle. Impossible de savoir si le conducteur les avait aperçus.

« Parfait ! Cramponne-toi à ton casque ! »

Tatie Florrie appuya sur le klaxon – biiiiip – et ralluma pleins phares.

Aussitôt, l'énorme Rolls jaune jaillit de l'obscurité. Le colonel Priestly, ébloui par la lumière qui tapait directement dans son rétroviseur, fit une embardée.

Il accéléra, comme pour mettre de la distance entre lui et la moto, mais Tatie Florrie resta collée à lui.

Il ralentit et mit son clignotant à gauche pour laisser passer le motard – car il n'avait aucune raison de penser, au bout de quinze kilomètres, que cette moto avait quelque chose à voir avec La Thôle. Tatie

Florrie persista dans sa manœuvre et resta derrière, à l'éblouir.

La Rolls accéléra de nouveau. Puis elle ralentit encore. Elle finit par s'arrêter.

La Norton s'était arrêtée, elle aussi, dix mètres auparavant. Priestly appuya sur un bouton et la vitre descendit. Il regarda derrière lui, aveuglé par le phare.

« À quoi vous jouez, au juste ? glapit-il. Vous voulez passer, oui ou non ? »

Tatie Florrie sortit la lourde torche de sa poche.

« Tiens-toi prêt, chuchota-t-elle à Harry.

— Personne ne vous a jamais dit de vous mettre en code ? »

Pas de réponse.

« Viens, Percy, fit Lolo Gestapo. Laisse-le. C'est un jeune qui s'amuse. Probablement soûl. On a autre chose à faire. Et ferme cette fenêtre, on gèle ! »

Elle remonta le col de son mince imperméable autour de son cou.

« J'en ai pour une seconde, grogna-t-il en ouvrant la portière. Je veux régler cette histoire. »

Il avait de courtes bottes vertes en caoutchouc, un pyjama en soie jaune et une grosse veste. Indifférent aux récriminations de sa fiancée frigorifiée, il laissa la portière ouverte et se dirigea vers la moto.

« On cherche des crosses, mon petit bonhomme ? Éteins ce phare ! »

Brusquement, jaillissant des ténèbres, une silhouette déchaînée se jeta sur lui, une torche grande comme une canne de golf à la main. Le temps d'un éclair, il crut voir un blouson clouté et un gros casque, puis la lampe s'abattit sur son crâne. Par chance, son bras la bloqua avant qu'il ne s'écroule sans connaissance dans la neige.

« Espèce de brute ! Menteur ! On va te régler ton compte ! Viens, Harry, chope-le ! »

Une deuxième silhouette surgit, plus petite et encore plus teigneuse que la première. Un casque noir s'enfonça dans son ventre. Des poings gantés lui martelèrent la poitrine et les épaules.

Hébété, le colonel Priestly revint en vacillant vers la voiture. Des mains s'agrippèrent à sa veste. Il les repoussa d'un geste brusque. Il eut juste le temps de se jeter à l'intérieur et de refermer la portière derrière lui.

Aussitôt, les silhouettes terrifiantes surgirent à la fenêtre. Un poing jaillit et vint le frapper à l'oreille. Il appuya sur le bouton qui faisait remonter la vitre.

« On t'aura, Priestly ! hurla l'attaquant à la torche. Ne crois pas t'en tirer comme ça ! »

Un coup de botte résonna dans la portière.

C'était une voix de femme. Derrière la visière du casque, des boucles blondes tombaient sur de grands yeux bleus.

« Florrie Fox ! s'exclama-t-il. Et c'est ce gosse qui est avec elle !

— Quoi ! cria Lolo Gestapo en se redressant sur son siège.

— Ils nous ont suivi depuis Félon Grange !

— Oh bravo ! » fit-elle remarquer d'un ton venimeux.

Harry avait ôté son casque et s'en servait comme d'une arme.

« Descends un peu la vitre, Percy. Écoute-moi bien, salopard d'orphelin ! glapit-elle ayant perdu toute élégance. Ici, il n'y a personne pour te protéger. Si je descends, je vous fais votre affaire ! À tous les deux ! »

Les épingles s'échappèrent de sa natte dorée qui lui tomba sur l'épaule.

Des mains secouaient la voiture. Une volée de coups de pied tambourina sur la portière.

« Ça suffit ! hurla-t-elle. Ça suffit ! »

Tatie Florrie courut au capot. Levant haut sa torche, elle l'abattit sur le phare. Il résista. Elle recommença. Le verre se brisa en mille morceaux, l'ampoule explosa. Elle se précipita de l'autre côté.

« Percy ! » cria Lolo Gestapo.

Le colonel Priestly mit le moteur en marche et enclencha brutalement la première vitesse.

Tatie Florrie se rangea en hâte.

Tandis que la Rolls s'éloignait, Harry attrapa son casque et le balança sur le pare-brise.

BANG !

Le verre explosa en milliers de fragments. Il ne tomba pas, mais resta accroché là, comme une vitre de diamants à travers laquelle on ne voyait plus rien.

Le colonel freina. Il avait avancé de trente mètres.

« Bien joué, mon gars ! » s'exclama Tatie Florrie en s'acharnant sur le deuxième phare.

Du poing, Priestly fit un trou dans le pare-brise. Des éclats de verre tombèrent en pluie dans la voiture comme des graviers. Il agrandit le trou.

Bang ! Bang ! Bang ! Tatie Florrie tapait à bras raccourcis sur le phare.

Le colonel Priestly démarra à toute vitesse. Si Tatie Florrie avait été plus lente à réagir, il lui aurait roulé dessus.

« Viens ! On retourne à la moto ! »

Ils coururent dans la neige.

En deux minutes, ils se retrouvèrent dans les traces de la grosse voiture jaune.

Dans la Rolls, il faisait un froid polaire. Un vent glacé passait par le trou du pare-brise. Le colonel scrutait la tempête, les yeux larmoyants. Lolo Gestapo serrait son mince manteau contre sa gorge et ses genoux.

Chaque congère, chaque fondrière faisait dégringoler des éclats de verre sur le tableau de bord. Le côté passager du pare-brise s'affaissa. Lolo Gestapo le retint du bout des doigts. En vain. D'un seul coup, la vitre tout entière s'écroula. Il n'en resta plus rien.

À présent, le vent s'engouffrait dans la voiture. Priestly grinça des dents et appuya sur l'accélérateur. Quatre-vingts kilomètres à l'heure, quatre-vingt-quinze... cent dix ! En plein été, cela aurait déjà été trop rapide pour ces routes de campagne. Avec la neige, c'était suicidaire. La Rolls ruait, dérapait, zigzaguait. Et derrière eux, les suivait toujours la puissante moto, dont le phare les éblouissait.

Conduisant dans le sillage de l'automobile, Tatie Florrie voyait à peine devant elle, aveuglée par la tempête. Harry et elle se transformaient en bonshommes de neige. Il fallait constamment essuyer la visière du casque.

Le colonel Priestly ne sentait plus ses doigts. Il avait les cils gelés. Il ne contrôlait plus la voiture. À coup sûr, il ne parviendrait pas à semer cette satanée Florrie Fox et sa saleté de neveu. Il leva le pied de l'accélérateur.

Quatre-vingt-quinze kilomètres à l'heure – quatre-vingts – soixante.

Un panneau routier signalant un virage à droite était masqué par la neige. Gelé jusqu'aux os, et les yeux pleins de larmes, le colonel ne le vit pas.

Devant lui, s'ouvrait un étroit chemin menant à une ferme.

Il s'y engagea.

Il s'aperçut de son erreur immédiatement car la voiture se mit à tanguer et cahoter, échappant à tout contrôle. Le chemin n'avait pas été dégagé. Entre une haie et un mur de pierre sèche, il y avait un mètre de neige, et plus du double dans les congères. Il enfonça la pédale de frein.

Ce fut fatal. Les roues se bloquèrent, la voiture dérapa et bondit hors du bas-côté, dérapa dans l'autre sens et vint heurter une racine bien cachée, rebondit en arrière et démolit plusieurs mètres de mur, puis se mit en travers du chemin, pencha d'un côté avant d'enfoncer son nez fier et jaune dans le fossé.

Le colonel et sa fiancée n'étaient pas blessés, mais bien secoués. Ils restèrent immobiles pendant une minute, à rassembler leurs esprits, puis ils détachèrent leurs ceintures de sécurité.

« Percy ! cria Lolo Gestapo d'une voix à fendre le cœur. La broche ! Les diamants ! »

Elle avait posé la célèbre broche du *Scorpion,* ainsi que les bagues, les colliers de perles et de rubis, et une pochette en velours remplie de bijoux, sur le tableau de bord. Le choc les avait fait s'envoler. Ils étaient éparpillés tout autour de la voiture ; la neige les avait recouverts et il était impossible de les distinguer des mille éclats de verre scintillants du pare-brise.

« Oublie-les ! cria le colonel. Sortons d'ici ! »

La voiture penchait sur le côté. Maladroitement, en plantant coudes, genoux et bottes en caoutchouc dans sa fiancée furieuse, il réussit à atteindre la portière. Elle avait été enfoncée. Il eut beau tirer et pousser, tout en jurant comme un charretier, elle resta inébranlable.

Il ne restait plus que le pare-brise. Il se mit debout et passa la tête et les épaules par le trou. Des éclats de verre pointus tombèrent dans son pyjama et se logèrent sur le cordon qui retenait son pantalon. Il posa les genoux sur le tableau de bord et rampa dehors. Le capot était couvert de neige. Brusquement, ses mains dérapèrent. Il glissa de tout son long et alla s'écraser dans un épais fourré de ronces.

Tatie Florrie avait garé la moto à quinze mètres de là ; le phare illuminait la scène, et les clignotants fonctionnaient, histoire d'avertir une éventuelle voiture. La torche à la main, elle se tenait avec Harry au-dessus de la Rolls, prête à cogner.

La vision du colonel Priestly coincé dans les épines les fit rire.

« Au secours ! Donnez-moi la main ! Ouille ! Ouille !

— Pas question ! » répliqua Tatie Florrie en faisant une boule de neige.

Splatch !

« Aaah ! Attendez un peu que je... Ouille !

— Vous l'avez prise en pleine poire ? Parfait ! »

Harry était aux anges.

« Allons, Percy ! dit Lolo Gestapo d'un ton désapprobateur. Reprends-toi. Tu n'es plus un enfant ! »

Poussant des cris d'orfraie, il s'agrippa au capot et réussit à s'arracher au buisson. Debout sur le bas-côté plein de neige, il commença à éplucher une centaine d'épines.

Lolo Gestapo se montra plus prudente. À tâtons, sans que personne la voie, elle avait réussi à trouver la broche du *Scorpion* et un étincelant collier rouge. Elle les glissa dans sa poche. Dans l'espoir de récupérer quelques diamants perdus, elle avait bourré l'autre poche d'éclats de pare-brise. Décidée à laisser tomber son fiancé, elle s'apprêtait à prendre la tangente – traverser la haie de l'autre côté du fossé, puis un champ éclairé par la lune et enfin s'enfoncer dans les bois.

À quatre pattes, elle traversa le pare-brise et rampa sur le capot. Elle se bloqua contre le logo argenté de la Rolls et prit son élan pour sauter de l'autre côté du fossé.

Mais elle avait mal calculé. Les diamants et les éclats de verre jaillirent de ses poches quand elle atterrit sur la pente neigeuse. Ses ongles rouges s'enfoncèrent dans les touffes d'herbe, ses bottes en caoutchouc battirent l'air à la recherche d'une prise. En vain. Lentement, elle glissa en arrière – jusqu'au fond du fossé. La glace finit par se rompre sous son poids et elle se retrouva enfoncée jusqu'aux genoux dans la boue et l'eau glacée.

Le froid lui arracha un hurlement. Mais Lolo Gestapo était une battante. Elle fonça devant elle, écrasant la glace. Ses bottes étaient remplies de choses immondes et son déshabillé vaporeux était alourdi d'eau boueuse.

Impossible de remonter sur la berge opposée, car elle était bordée de ronciers. Au bout de vingt mètres, elle s'arrêta et jeta un regard furieux autour d'elle.

Un bouquet de jeunes frênes poussait sur la rive la plus proche. Un fermier les avait coupés. Attrapant une souche, Lolo Gestapo se hissa hors du fossé bourbeux et revint en rampant sur le chemin. Des branches sciées dépassaient de la neige. Elle en prit une, épaisse comme son poignet, et brandit cette arme improvisée.

Les autres avaient suivi ses efforts. Éclairés par la lune, la Rolls écrasée et la moto, les quatre adversaires se faisaient face sur le chemin désert.

« Parfait, Percy, déclara Lolo Gestapo. Tu t'occupes de la vieille poule avec son cuir. Moi, je me charge du gamin. Ce sera un vrai plaisir. J'attends ce moment depuis des siècles.

— Ne l'écoute pas ! s'écria Tatie Florrie. N'oublie pas, tu as vaincu La Barak ! Tu peux te débrouiller d'une saloperie de... »

Le colonel Priestly se jeta sur elle comme un taureau furieux. Tatie Florrie, plus rapide que l'éclair, l'esquiva et lui colla un bon coup de torche sur la tête.

Au même moment, Lolo Gestapo se précipita sur Harry et le prit par surprise. Oubliant tout ce que La Barak lui avait enseigné, il tomba en arrière dans la neige comme n'importe quel écolier. Lolo Gestapo leva son lourd bâton. Il vit son regard fou, ses dents serrées. En un dixième de seconde, lui revinrent tous ses entraînements matinaux sur la pelouse de La Thôle. Roulant vers son adversaire, il prit le coup sur l'épaule, l'attrapa par le poignet, leva une jambe... et la catapulta au-dessus de sa tête, en utilisant l'élan même de son adversaire. Lolo Gestapo poussa un cri étonné en volant dans une profonde congère. Elle atterrit lourdement sur le dos, la violence du choc bloquant ses poumons et vidant ses poches des diamants et des éclats de verre.

Elle resta là, le souffle coupé, la tête enfouie dans la neige, les jambes battant l'air. Puis, elle roula sur elle-même et se remit debout. Elle n'avait pas lâché son bâton.

Les genoux pliés, les bras ballants, Harry l'attendait.

Elle poussa un cri, brandit son arme et se jeta en avant. Harry plongea sous le bâton, lui saisit le bras, se tourna, tendit les jambes et souleva.

Le lancer fut si réussi qu'il n'en crut pas ses yeux. Lolo Gestapo – elle qui lui avait gâché la vie pendant tant d'années, qui mesurait toujours quinze centimètres de plus que lui et qui était infiniment plus forte – vola dans les airs, rebondit sur la berge enneigée et disparut à nouveau au fond du fossé.

Il perçut alors un cri étouffé. Tatie Florrie était à bout de forces et le colonel cavalait vers la moto.

« Arrête-le ! dit-elle hors d'haleine. Il va s'enfuir ! La clé ! »

Harry se lança aussitôt à sa poursuite. Il courait plus vite que le gros colonel, mais l'homme disposait d'une bonne avance. Le temps que Harry le rejoigne, il était déjà à califourchon sur la magnifique Norton. Il sortit le kick et le démarra d'un coup de talon.

Le moteur rugit.

Cette vision rendit Harry furieux. Il se jeta sur le colonel et le poussa brutalement. L'homme et la moto basculèrent cul par-dessus tête dans la neige. Le colonel était coincé pour quelques instants. Sans s'occuper de lui, Harry coupa le contact, ôta la clé et la fourra tout au fond de sa poche de jean.

Priestly dégagea sa jambe, brossa la neige glacée et se précipita sur lui. Harry esquiva. Le colonel recommença. Harry attrapa le bras tendu, plongea, tourna, tira et se redressa. Comme en rêve, le gros colonel s'envola.

Pendant ce temps, Lolo Gestapo s'extrayait du fossé. Ses cheveux pleins de boue pendaient devant son visage, des herbes recouvraient ses épaules, son imperméable blanc puait et le satin rouge de son déshabillé lui collait aux jambes. Des pieds à la tête, elle était couverte de paquets de neige.

Tremblante de froid, elle se releva. Des désirs de vengeance se disputaient à des envies de fuite. Elle glissa une main dans sa poche trempée : vide ! La broche du *Scorpion* ! Le collier ! Perdus ! Elle se mit à gratter frénétiquement la neige. Mais le fossé était plein de boue et d'herbes. Elle chercha dans l'autre poche. Il n'y restait que quelques éclats de verre.

Lolo Gestapo poussa un énorme cri de désespoir. Tout était perdu ! Comme un rat acculé, elle regarda le chemin.

Le colonel avait réussi à se remettre sur pieds.

« Lavvy ! cria-t-il. Chope le môme ! Il a la clé de la moto ! »

Ils convergeaient vers Harry. Celui-ci courut vers l'un, puis vers l'autre. Ils se rapprochaient.

Il se mit en position de combat. Les genoux pliés, attentif.

« Vas-y, Percy ! l'encouragea Lolo Gestapo. Tu peux mater un petit salopard de cet âge ! »

Le colonel fonça. Vif comme l'éclair, Harry fit un pas de côté, saisit le bras tendu et le tordit. Le colonel Priestly s'en alla rouler sur le chemin, cul par-dessus tête. Son pantalon de pyjama se sépara définitivement du cordon qui le retenait. La lune fit briller ses fesses nues. Il tenta de se relever, trébucha et s'assit sur une congère.

Harry n'eut pas le temps de rire car Lolo Gestapo était sur lui. La force de son attaque l'envoya à terre. Elle voulut l'empoigner par les cheveux, mais ils étaient trop courts.

Tentant de se souvenir de ce qu'on lui avait enseigné, Harry lui enserra la taille dans une prise en ciseaux, l'attrapa par le cou et le poignet et souleva. Ils roulèrent hors du chemin. D'un seul coup, il se retrouva assis sur elle. Saisissant la neige à poignées, il lui en frotta la figure.

Un coup sur la tête le fit vaciller et le colonel, qui avait remonté son pantalon, s'agenouilla sur lui, à califourchon, lui clouant les bras au sol.

« Vite, Lavvy ! Prends la clé ! Dans le jean ! »

Elle rampa à quatre pattes. Harry rua et se débattit, mais en vain. Ses doigts aux ongles longs se faufilèrent dans la poche et s'emparèrent de la précieuse clé.

« Je l'ai ! cria-t-elle en la brandissant triomphalement. Maintenant, ligote-moi cet ignoble petit reptile et balance-le au fond du fossé !

— On ferait mieux de lui enlever son blouson et son pantalon d'abord, conseilla le colonel. On va en avoir besoin.

— Et ceux de la vieille chouette aussi ! » ajouta Lolo Gestapo.

Un tourbillon les frappa en pleine action. La clé de la Norton fut arrachée des mains de Lolo Gestapo et vola dans les buissons de ronces. CLONK ! Pour la troisième fois, la lourde torche s'abattit sur le crâne roux du colonel. Lolo Gestapo se retrouva avec l'imperméable par-dessus les oreilles, balancée dans la neige.

Tatie Florrie avait récupéré.

Harry s'extirpa de sous le colonel assommé. Lolo Gestapo se battait avec son manteau. Il lui sauta immédiatement dessus, lui coinça un bras dans le dos et lui enfonça la tête dans la neige.

« Bouge pas ! » ordonna Tatie Florrie au colonel en brandissant sa torche.

Le colonel ignora la petite vieille dame avec ses boucles dorées.

CLONK ! CLONK !

« Je t'avais prévenu ! »

Les mains sur la tête, il se retrouva gisant au beau milieu du chemin.

« Qu'est-ce qu'on fait maintenant ? demanda Harry.

— On peut pas rester comme ça toute la nuit, mon chéri, déclara Tatie Florrie. Je sais. Toi, ordonna-t-elle en s'adressant au colonel. Enlève le cordon qui retient ton pantalon.

— Mais il va...

— Aucune importance. Obéis ! »

Les doigts gourds, le colonel tira sur le nœud et ôta le cordon.

« Tes mains ! » ordonna Tatie Florrie.

Il hésita.

CLONK !

« Tes mains, j'ai dit ! »

À contrecœur, il les mit derrière lui. Vite, Tatie Florrie les enferma dans un nœud coulant et serra fort.

« Parfait ! lâcha-t-elle en reculant. Maintenant, tu peux te lever si tu veux. »

Harry arracha la ceinture de l'imperméable de Lolo Gestapo. Avec l'aide de Tatie Florrie, ce fut un jeu d'enfant de lui lier les mains.

Une minute plus tard, ils étaient tous les quatre au milieu du chemin. Le froid devenait plus intense, mais Harry avait chaud. En revanche, le colonel et Lolo Gestapo étaient transis.

« Eh, on veut pas avoir votre mort sur la

conscience, dit Tatie Florrie. Remontez en voiture avec nous.

— Il y a un plaid dans le coffre, gémit le colonel.

— Parfait. Si vous vous conduisez bien, nous irons le chercher dans une minute. Peut-être même nous brancherons le chauffage. Allez-y. »

Vaincus et vacillants, le colonel et sa fiancée avancèrent. Agrippant le fond de son pantalon, le gros homme glissa tête la première dans le trou du pare-brise de la Rolls. Lolo Gestapo le suivit. Ils atterrirent cul par-dessus tête.

« Oh ! Casse-toi ! grogna le colonel en lui donnant un coup d'épaule. Tu es trempée !

— Et la faute de qui ? rétorqua-t-elle. Arrête de pousser ! »

Elle lui décocha un coup de pied.

Enfin, ils réussirent à s'installer sur la banquette, très inconfortablement.

« Tu es immonde ! lança le colonel.

— Merci beaucoup ! riposta-t-elle en frissonnant. Au moins, moi, je n'ai pas un pyjama jaune avec le pantalon sur les talons. Porc ! »

Ils se dévisagèrent.

Dans le clair de lune, Harry tâtait son œil au beurre noir du bout des doigts. Il le sentait très gonflé.

« Alors, mon chéri ! C'était tellement excitant ! Quelle rigolade ! s'exclama Tatie Florrie avec un grand sourire. Tout à fait comme au bon vieux temps. Bridget va être furieuse d'avoir loupé ça. »

Harry se mit à rire.

« Tu veux un chocolat ? demanda-t-elle en ouvrant une poche de son blouson.

— Oui.

— Un peu écrasé, j'ai peur. »

Appuyé contre la voiture, il défit le papier.

« Je me demande combien de temps on va devoir attendre. »

Tatie Florrie haussa les épaules.

« On n'est pas pressés, mon chéri. Il va bien finir par passer une voiture, ou un chasse-neige. L'un de nous peut aller faire le guet au bout du chemin.

— On pourrait passer un coup de fil de la Rolls, suggéra-t-il en montrant le portable.

— Quelle idée magnifique ! répondit-elle en riant. Mais attendons un peu. J'aime bien être ici. C'est tellement... »

Elle s'interrompit, l'oreille tendue.

Alors Harry entendit.

À des kilomètres de là, faible comme un moucheron, la sirène d'une voiture de police hurlait dans la campagne endormie.

« Oh bon sang ! Les voilà ! soupira Tatie Florrie. Trop tôt, comme toujours. Le drame de ma vie.

— Mais cette fois, c'est différent.

— Oui, mon chéri, je sais bien. Mais toutes ces

questions ! dit-elle en faisant tomber la neige de ses boucles et en cherchant son rouge à lèvres. Ils posent toujours tant de questions ! »

Quelque part, un chien aboya.

Il pensa à Fouillis, à Mrs Good et à sa grande chambre de La Thôle.

Au-delà de la haie, une pâle lueur annonçait l'aube. On était le premier janvier.

Alan Temperley

Alan Temperley est anglais mais vit depuis neuf ans en Écosse, dans les Highlands. Il est l'auteur de trois romans pour la jeunesse. Avec *Harry et les vieilles pommes,* son premier livre publié en français, il a réussi une histoire pleine d'aventures délirantes mais il a aussi créé un héros courageux et attachant.

Table

Composition JOUVE - 53100 Mayenne
N° 305096m
Imprimé en Italie par G. Canale & C. S.p.A. - Borgaro T.se (Turin)
avril 2003 - Dépôt éditeur n° 33917
32.10.2012.6/02 - ISBN : 2.01.322012.X
Loi n° 49-956 du 16 juillet 1949 sur les publications destinées à la jeunesse
Dépôt légal : avril 2003